Lara Stern

Brüderlein, Schwesterlein

Roman

Knaur

Besuchen Sie uns im Internet:
www.droemer-knaur.de

Originalausgabe Januar 1999

Dieser Titel ist bereits im Goldmann Verlag erschienen.
Umschlaggestaltung: Agentur Zero, München
Umschlagabbildung: Tony Stone, München/Marc Dolphin
Satz: Ventura Publisher im Verlag
Druck und Bindung: Ebner Ulm
Printed in Germany
ISBN 3-426-60776-X

5 4 3 2 1

Mit einem herzlichen Dankeschön
für die umfassende juristische Beratung
an Reinhard und Norbert.
Und natürlich – wie immer –
an Conny.

Sogar die beste Kindheit
ist kein Honiglecken.

Mike Lew

Steck deine Kindheit in die Tasche
und renn!

Romy Schneider

1

Schon immer hatte er Hitze gehaßt. Er hatte nichts übrig für Mittelmeerstrände; und südliche Nächte, die andere ins Schwärmen brachten, riefen in ihm lediglich Assoziationen von Fäulnis und Verwesung hervor. Er verabscheute die schwülen Tage in der Stadt, wenn der Asphalt dampfte, Autofahrer den Verstand verloren und laute, vergnügungssüchtige Menschenmengen sich in Biergärten oder Badeanstalten breitmachten.

Wenn schon Sommer, dann nördliche Sommer. Die niemals zu warmen, sonnendurchfluteten Tage; die weißen Nächte, die Mensch und Tier übermütig werden ließen und Schlaf zu etwas Nebensächlichem machten. Klare, kalte Seen. Einsame Fjorde. Kleine Holzhäuser und keine neugierige Menschenseele weit und breit.

Dann schien sich sogar sein Körper zu verändern, gewann die verlorene Frische längst vergangener Jahre zurück: kühle, straffe Haut, die sich in unbekümmerter Nacktheit zur Schau stellte. Wenn er die Augen schloß, war er ein junger Mann, voller Sehnsüchte und maßloser Begierden. Für ihn gab es keine Konventionen; er kannte weder Scham noch Schuldgefühle. Bis zum Ende aller Zeiten würde er sich nicht beeindrucken lassen von dem, was die anderen in

ihrer feigen Engstirnigkeit für moralisch vertretbar hielten.
Lucky nimmt sich, was immer er will. Wann immer er will. Sooft es ihm gefällt.
Das war sein Motto, das einzige, dem er bis heute treu geblieben war. Lucky, so hatte er sich genannt, weil er seinen Taufnamen schon als Kind als verstaubt und seiner unwürdig empfunden hatte. Lucky war nicht alt geworden. Lucky, Herr der sieben Meere, siegreich über Schmerz, Angst und Vergänglichkeit, würde ewig über alles und alle triumphieren ...

Er schwitzte. Er brauchte dringend seinen Drink.
Es war stickig im Haus, unerträglich geradezu, obwohl die Jalousien ein gutes Stück heruntergelassen waren. Das Zimmer lag in wohltuendem Dämmerlicht; dunkelgrüne Samtportieren umrahmten die angelehnte Tür. Seine Hand zitterte, als er Port in ein Glas goß, exakt zwei Finger breit.
Er war alt, sein Körper verbraucht, seine Haut schlaff. Faltige Knie, baumelnde Hoden und die aderdurchzogenen Füße eines Greises. Er hatte Lust, zu schreien oder etwas Wertvolles zu zerschlagen.
Natürlich tat er nichts dergleichen. Er blieb reglos sitzen, nackt und breitärschig, auf dem dunkelbraunen Lederstuhl mit hoher Lehne, den schon sein Vater besessen hatte, und dessen Vater vor ihm, und den er seinem einzigen Sohn niemals vererben würde.
War da eben nicht ein seltsames Geräusch gewesen?
Er drehte sich um und starrte durch die Lamellen nach

draußen in den abendlichen Garten. Mückenschwärme tanzten tief; noch immer stand die Hitze fast greifbar zwischen weißen und rosaroten Blumenrabatten. Durch die geöffnete Tür strömte widerlich warme Luft.

Der ganze Körper klebte. Er roch seinen säuerlichen Altmännerschweiß; er war müde, erschöpft, abgeschlagen. Wie ein Hilfesuchender wandte er sich zurück ins sichere Zimmer. Diese lästigen Gedanken an Altern und Sterben quälten ihn, seitdem der Junge aus dem Haus gelaufen war. Als sei es gestern gewesen, erinnerte er sich noch genau an seinen Blick. Feuer unter Eis. Niemals würde er ihn vergessen können.

Söhne. *Söhne!!!*

Er lachte halblaut auf, goß sich einen kräftigen Schluck nach und trank ihn in einem gierigen Zug. Er dachte nicht daran, den Löffel abzugeben, noch lange nicht, wenn es nach ihm ging! Er war reich, gewitzt, einflußreich und sehr, sehr unkonventionell. Nach wie vor voll prächtiger Ideen, sein Leben abwechslungsreich und vergnüglich zu gestalten. Die besten Voraussetzungen für einen sorgenlosen Lebensabend, auch wenn er sich in letzter Zeit manchmal einsam fühlte und es zunehmend anstrengender fand, sich die Gesellschaft zu beschaffen, nach der es ihn gelüstete. Aber auch dafür gab es Lösungen.

Er stand auf, schlüpfte in die Pantoffeln und schlurfte hinüber zum Bücherschrank. Mit einem kontrollierten Nicken fiel die Lesebrille von der Stirn zurück auf

die Nase. Auf Knopfdruck verschwand die Seidentapete. Im Geheimfach hinter den schweinsledergebundenen Klassikern und den Märchenbüchern aus Familienbesitz schob er die Münzalben und das braune Bargeldpäckchen beiseite und wühlte zwischen Dutzenden von Kassetten. Schließlich fand er, wonach er gesucht hatte: *Sommervergnügen 1968.* Die Beschriftung auf der Umhüllung war ebenso verblaßt wie die Aufnahme selbst, und das häufige Umkopieren hatte ein übriges dazu getan, aber das spielte keine Rolle.
Nicht heute abend. Nicht wenn er in dieser Stimmung war. Er legte die Kassette in den Videorecorder ein und ließ sich in den Lehnstuhl fallen. Der weißen Damenpistole auf dem Beistelltischchen gönnte er keinen Blick, sondern entzündete die Kerze in dem Kandelaber neben sich, obwohl es draußen noch nicht ganz dunkel war. Er schenkte sich einen Schluck Portwein ein. Dann erst betätigte er die Fernbedienung.
Die altbekannten Bilder erschienen, unscharf und verwaschen bunt, so amateurhaft, wie man damals eben gefilmt hatte. Ohne Ton. Den brauchte er nicht. Er hatte seinen eigenen Text dazu.

Anstelle von Erregung überfluteten ihn unversehens Wehmut und ein grausames Gefühl von Verlassenheit. Er nahm die Hand von seinem schlaffen Schwanz und preßte sie auf das Herz. Sein Atem ging stoßweise. Er spürte, wie sich ein eiserner Ring immer fester um

seinen Brustkorb schloß. Er tastete nach dem Mineralwasser, fand aber nur den Portwein. Er setzte die Flasche an.
Der starke, süße Geschmack trieb ihm Tränen in die Augen. Er hustete. Plötzlich ekelte ihn seine Nacktheit an.

Er kam nicht mehr dazu, sie mit dem leichten Morgenmantel zu verhüllen, der neben ihm auf dem Boden lag. Als er sich schwerfällig nach ihm bückte, trat eine schmale, dunkel gekleidete Gestalt hinter den Portieren hervor. Sie packte den Leuchter, holte aus und traf exakt seinen Hinterkopf.
Lu fiel zu Boden und begann zu röcheln. Die erloschene Kerze rollte neben ihn.
Der nächste Schlag wurde mit erheblich größerer Wucht geführt. Hirnmasse und Blut sickerten auf den sandfarbenen Teppichboden. Lu beschmutzte sich und starb. Durchdringender Gestank erfüllte den Raum.
Auf dem Bildschirm rutschten noch immer lachende Kinder ins Wasser.
Erst dann fiel der Schuß. Und ein zweiter gleich hinterher, mitten in den großen Bildschirm.
Ein ohrenbetäubender Knall. Millionen feinster Splitter. Stichflammen schossen empor.
Die Portieren fingen sofort Feuer. Von der Decke begann die Sprinkleranlage zu sprühen. Alarmsirenen gellten.
Aber der Spuk war nicht zu Ende – noch lange nicht.

2

Gute fünfundzwanzig Grad im Schatten und noch nicht einmal halb neun! Sina V. Teufel stand auf ihrer Dachterrasse und spürte, wie sich in den Achselhöhlen Netze von Feuchtigkeit bildeten. Noch ein paar Minuten in der prallen Sonne, und das curryfarbene Seidenhemd würde schon vor dem ersten Einsatz ruiniert sein. Sie trat einen Schritt in den Schutz der Markise zurück.

Seit Wochen hielt ein unbarmherziger Sommereinfall die Stadt in Atem. Es war viel zu heiß für Mitte Juni; alle waren gereizt und überdreht, selbst die Pflanzen ließen die Blätter hängen. Der mannshohe Bambus neben der Tür brauchte mindestens das Doppelte seiner gewohnten Wasserration; die Rosenstöcke wirkten kraftlos; der liebevoll aufgepäppelte Blutahorn schien seinen Geist aufgeben zu wollen.

Sie goß all ihre Gewächse kräftig und blinzelte nach oben. Der Himmel über München war wieder gnadenlos blau. Nicht eine Wolke weit und breit. Sonnenstrahlen ließen die umliegenden Blätter silbern oder grünlich blinken; schon jetzt sah der Weg über das aufgeheizte Metall sehr ungemütlich für empfindliche Katerpfoten aus.

Keine Spur von Taifun. Er war den zweiten Morgen nicht von seiner nächtlichen Runde zurückgekehrt.

Sina war beunruhigt, verbot sich aber den Blick vier Stockwerke tief in den Hof. Schon um Mitternacht hatte sie unter einer kürbisgelben Mondkugel zwischen Küchenkräutern und Fahrrädern jeden Zentimeter nach einem leblosen schwarzen Raubtierkörper abgesucht. Notgedrungen ergebnislos, wie sie sich anschließend noch immer aufgewühlt bei ein paar Gläsern Rosé vorgebetet hatte. Was aber mochte der Grund sein, weshalb er nicht nach Hause gekommen war? Sauer? Verlaufen?? Gekidnappt???
Sie zwang sich, ihre Konzentration auf das zu lenken, was unbedingt noch erledigt werden mußte. Der Besuch, den sie heute abend erwartete, war anspruchsvoll, mit einem deutlichen Zug ins Mäkelige. Hoffentlich würde er allein aufkreuzen. Ihr stand nicht der Sinn nach seinen vorzugsweise blonden und rothaarigen Gefährtinnen, die sich bei ähnlichen Gelegenheiten mit Schnittblumen und verlegener Herzlichkeit auf sie gestürzt hatten. *Eine* Mutter in diesem Leben hatte sie als durchaus ausreichend empfunden.
Während sie zwei Flaschen Chablis in den Kühlschrank legte – sein Lieblingswein, wenigstens war er das bei ihrem letzten Treffen vor vier Jahren noch gewesen – und sich noch schnell die Telefonnummer des indischen Caterings notierte, von dem Carlo neulich so geschwärmt hatte, fragte sie sich zum x-ten Mal, weshalb sie sich überhaupt auf dieses vorhersehbare Fiasko eingelassen hatte. Aber nun war es zu spät für einen Rückzieher. Zumindest was sie betraf.
Seine Absagen in letzter Minute standen auf einem

anderen Blatt. Ausreden waren seine Disziplin; darin war er kaum zu übertreffen. Züge, die auf offener Strecke hielten, Flugzeuge, die partout nicht starten wollten, wahlweise ausgestorbene oder verstopfte Städte – wenn es darauf ankam, war ihm noch jedesmal etwas Passendes eingefallen. Ihre Kindheit war voller Vielleichts, Wahrscheinlichs und Wenn-aber-danns gewesen. Vermutlich rührte daher die geradezu pathologische Abneigung gegen Unzuverlässigkeit, die Sina V. Teufel privat wie dienstlich plagte.
Falls man glaubte, die Schuld an den persönlichen Schwachstellen und Deformationen ein Leben lang seinen Erzeugern zuschieben zu können. Für gewöhnlich konnte sie Leute, die dazu neigten, nicht ausstehen. Der Anfall von Selbstmitleid verschwand zum Glück so schnell, wie er gekommen war. Sinas praktische Seite siegte.
Was war noch zu tun? Die Markise ganz herunterlassen, zum wiederholten Mal überprüfen, ob die diversen Katzentüren auch wirklich funktionierten, noch schnell in der Küche Freßnapf und Wasserschälchen neu auffüllen. Irgendwann mußte Taifun ja wieder nach Hause kommen.
Jetzt war sie endlich startbereit, aber sie kam einfach nicht in Schwung. Gab es tatsächlich so etwas wie Verhaltensmuster, die – dahingestellt, ob tauglich oder nicht –, von Generation zu Generation weitergegeben wurden? Oder war sie einfach unfähig, das zu leben, was man gemeinhin unter »glücklich sein« faßt? Jedenfalls klumpte etwas in ihrer Brust, ein

schwarzes, bleiernes Gefühl, das weder ausschließlich mit Theos drohendem Überfall noch mit Taifuns rätselhaftem Verschwinden zu tun hatte.
Sina spürte diese ungute Last, als sie ihren BMW aus der Tiefgarage holte und losfuhr. Klar, daß es mit einem Kerl zu tun hatte. Und mit was für einem!
Vor zwei Tagen hatten sie sich scheußlich gestritten. Wegen einer Nichtigkeit, zumindest anfangs. Später waren dann beim passenden Stichwort auf beiden Seiten die Schotten runtergerasselt. Seitdem Sendepause. Beruhigend zu wissen, dachte sie bitter, daß es in dieser Welt der zahllosen Unwägbarkeiten noch gewisse Gesetzmäßigkeiten gibt, auf die man sich hundertprozentig verlassen kann! Ein rascher Blick auf die Uhr. Spät dran war sie auch noch.
Selbstredend war im gesamten Bahnhofsviertel nicht ein halbwegs legaler Parkplatz frei. Sina stellte ihren Wagen in zweiter Reihe ab und hoffte auf ein kleines Wunder. Dann spurtete sie die Stufen zur Bahnhofshalle hinauf und schob sich durch die schwerbepackten Menschenmassen. Keuchend kam sie am Bahnsteig an.
Pit Klein, der Mann, den sie Redford nannte, seitdem er vor knapp einem Jahr ihr Herz im Sturm erobert hatte, war gerade am Einsteigen. Jeans, Knitterhemd und unzählige Lachfältchen um die eisblauen Augen. Der rasende Reporter in Reinkultur, dachte sie unwillkürlich. Immer auf dem Absprung. Das fehlende i-Tüpfelchen auf meinen höchstpersönlichen Macken.
»Warte gefälligst!« rief sie.

Er ließ den abgeschabten Koffer fallen und starrte sie an wie eine Erscheinung. Da war es wieder, jenes winzige Verziehen des linken Mundwinkels, das wie am ersten Tag ihre Knie weich werden ließ! Etwas verkrampft lächelte Sina zurück.
»Ist das alles, was du zu sagen hast?«
Redford blieb noch immer stumm.
Sie hätte es wissen müssen! Wenn er sich unter Druck fühlte, klappte er zu wie eine Auster. Heute aber hatte sie keine Lust, die Verständnisvolle zu mimen. Ärger stieg in ihr auf und machte dem verdammten Blei in ihrer Brust den Rang streitig. Zwei endlose Wochen fuhr er wegen einer Reportage in den wilden deutschen Osten – mit der Bahn! Anstatt wie jeder vernünftige Mensch einen der unzähligen Billig-Flugtarife zu nutzen – und bekam zum Abschied kein Wort heraus!
»Vorsicht auf Gleis zwanzig«, schepperte die Lautsprecherstimme. »Die Türen schließen! Der ICE nach Berlin ist zur Abfahrt bereit.«
»Ich muß rein«, brachte er schließlich hervor. »Du hörst ja.« Ein halb unbehagliches, halb hilfloses Achselzucken. Nicht gerade der Gipfel an Emotion. Von reumütigem Entgegenkommen ganz zu schweigen. »Ich ruf' dich an – Liebchen!? Sobald ich ein Quartier habe.«
Er streifte ihre Wange mit einem Kuß, packte seinen Koffer und die unvermeidliche Trapperjacke und war im Zug verschwunden.
Sina warf den Kopf in den Nacken. Sie überwand

ihren Stolz und raste bei tropischen Temperaturen quer durch die Stadt – und er spielte sich auf als Mr. Cool, der es wagte, sie mit einem windigen »Liebchen« abzuspeisen!
Hinter der getönten Scheibe waren nur unscharfe Konturen auszumachen. Einen Augenblick lang glaubte sie, einen Arm zu erkennen, der sich rhythmisch auf und ab bewegte, da setzte sich der Zug schon in Bewegung. Sie verzichtete aufs Zurückwinken ins Ungewisse und bestellte sich am nächstbesten Stand einen doppelten Espresso; er erwies sich als ebenso bitter und fadenscheinig wie ihre Hoffnungen.
»Haben Sie vielleicht eine Zigarette für mich?«
Die blühende Akne ihres Gegenübers erglühte in tiefem Magenta. Er nickte und fingerte ein filterloses Knickding aus einer zerknüllten Packung.
Sina bediente sich resigniert. War auch schon egal! Heute war der richtige Tag, um nach Monaten heroischer Abstinenz zu alten Lastern zurückzukehren. Zwischen den ersten Zügen, bemüht, dem Pickeligen auszuweichen, der weiter und weiter über den Tisch wuchs, dachte sie über ihr Leben nach. Ein Kater auf Abwegen, ein künstlich auf jugendlich getrimmter Vater, ein Geliebter, den jedes Gramm Zuneigung zuviel in die Flucht trieb – womit hatte sie diese seltsame Trinität an unzureichender Männlichkeit eigentlich verdient?
Während sie insbesondere über den letzten Punkt weitersinnierte, dämmerte in ihr die Ahnung, wie unsäglich weit die Entfernung zwischen zwei Men-

schen werden konnte, die sich so nah gekommen waren wie Redford und sie.

Jeder Tag, der mies beginnt, kann noch viel mieser weitergehen. Hannes Lieblingsspruch aus despressiven Zeiten war eine weitere Gesetzmäßigkeit, auf die man sich verlassen konnte. Sina kam gerade rechtzeitig, um zu sehen, wie einer dieser Abschleppmarder ihren Wagen an die Angel genommen hatte und nach oben auf die Stellfläche hieven wollte. Inzwischen stach die Sonne stechend herunter; Fußgänger verfielen in müdes Schlendern, und alle Cafés hatten erwartungsvoll jeden Stuhl draußen postiert.

»Was soll das denn werden, wenn es fertig ist? Machen Sie das Auto wieder los!«

Der Angesprochene, ein vierschrötiger Typ mit Stiernacken und zweckentfremdeter Baskenmütze, schüttelte bedächtig seinen Kopf. Jede schnelle Bewegung schien ihm ein Greuel zu sein.

»Nix zu machen! Absolutes Halteverbot, junge Frau. Sie behindern außerdem die Taxizufahrt.« Er nickte dem Fahrer zu. »Gemma? Paßt scho!«

Der Wagen ruckelte ein Stück weiter nach oben. Schweißbahnen rannen ihr unaufhaltsam den Rücken runter.

»Die Feststellung etwaiger Ordnungswidrigkeiten überlassen Sie am besten der Polizei. Das Auto von der Kette, aber dalli!« Sinas Stimme klang sogar in ihren eigenen Ohren unangenehm schrill.

Noch immer machte der Dickwanst keine Anstalten,

der Aufforderung nachzukommen. Ganz im Gegenteil.
»Weiter, Hansi!« schnarrte er, ohne sich zu bewegen.
Sina setzte die Sonnenbrille ab. »Lust auf eine Anzeige wegen Diebstahls? Ich bin die Halterin dieses Pkws, Rechtsanwältin Dr. Teufel. Es kann sehr unangenehm für Sie werden, wenn Sie nicht augenblicklich tun, was ich sage, das verspreche ich Ihnen!«
Beim Wort »Rechtsanwältin« war er leicht zusammengezuckt. Sie ließ ihm keine Chance, sich zu erholen, sondern streckte ihm angriffslustig Kraftfahrzeugschein nebst Visitenkarte hin. Die mit dem Großdruck für schlichte Gemüter.
»Und die Rechnung ...«
»... schickt die Polizeiverwaltung mit dem Bußgeldbescheid. Ich sehe schon, wir verstehen uns!«
Das wirkte. Er kam zeitlupenartig in Gang und befreite den Wagen. Sina warf ihm noch einen mißmutigen Blick zu, stieg ein und gab Gas. Zweihundert Mark, dachte sie. Mindestens. Und der ganze Ärger noch dazu!
Plötzlich mußte sie lachen. Wie absurd die ganze Situation doch war! Papa ante portas, Redford verdattert im Zug, sie entnervt im glutheißen Auto, und das alles, weil erwachsene Menschen im entscheidenden Moment die Zähne nicht auseinander bekamen! Was T. V. Teufel betraf, so schien ihrer Erfahrung nach tatsächlich Hopfen und Malz verloren. Aber sie und Redford?
»Lernfähig, äußerst lernfähig!« murmelte sie vor sich hin. Ihre Laune stieg. »Und gnade dir Gott, alter Stur-

kopf«, setzte sie ihren halblauten Monolog fort, »beim nächsten Mal kommst du mir nicht so ungeschoren davon!«

Im Sekretariat herrschte Freibadatmosphäre. Azubine Anke Frey, kurz vor den ReNo-Prüfungen, trug über einem Mini den Hauch einer giftgrünen Chiffonbluse. Man mußte mindestens zweimal hinsehen. Erst dann entdeckte man darunter den hautfarbenen Seidenschal, der ihren Busen mehr schlecht als recht verhüllte. Tilly Malorny löffelte hingebungsvoll Eiskaffee, und Marina König war dabei, gurrend ihren Sprößling Raffi aus einem Papierkorb zu locken, den er offenbar mit Wasser gefüllt hatte. Mit *reichlich* Wasser, wie sich herausstellte, als Eimer und Bub mit Getöse umfielen.
Anke rannte nach Putzlappen und Handtüchern und fing an, den Teppichboden trockenzutupfen; Marina trocknete zeternd Raffi ab. Tilly ließ sich in ihrem Genuß keinen Augenblick lang beeinträchtigen. Über ihren Köpfen verquirlte ein weißer Deckenventilator träge, warme Luft. Logischerweise ohne den geringsten Effekt, denn alle Fenster standen weit offen; vom Maximiliansplatz dröhnte das Hupkonzert genervter Autofahrer herauf.
»Wo stecken die anderen?« Sina verzichtete angesichts des Stillebens auf die einschlägigen Bemerkungen, die sie schon auf der Zunge gehabt hatte. »Wo ist Hanne?«
»Toll, was?« Ein langstieliger Eislöffel zeigte schräg

nach oben. »Geschenk von Herrn Bergis. Und angebracht hat er ihn auch noch eigenhändig! Damit wir nicht so leiden müssen, hat er gesagt. Ist eben doch ein echter Kavalier!«

»Wo ist Hanne?« wiederholte Sina eine Spur unwilliger. »Und wo sind Lola und Arno?«

Tilly setzte sich in Positur. Sie haßte es, Dinge zweimal gesagt zu bekommen, unvereinbar mit ihrer Würde als Bürovorsteherin. »Frau Bromberger ist beim Einrichtungsberater.« Man sah förmlich, wie sie sich das Wort auf der Zunge zergehen ließ.

»Beim bitte was?«

»Beim Innenarchitekten«, kam es spitz zurück. »Herr Bergis hat sie vorhin abgeholt. Für die neue Wohnung Fliesen und Armaturen aussuchen. Lola schlägt Fundstellen nach, und ob Arno inzwischen im Keller die fraglichen Akten gefunden hat, entzieht sich meiner Kenntnis.« Kurze, verschnupfte Pause. »Selbstverständlich könnte ich nachsehen gehen.« Beiden war klar, daß man sie besser nicht dazu aufforderte. »Darf ich Sie außerdem daran erinnern, daß Frau Eschenborn auf Sie wartet? Und das seit mehr als zwanzig Minuten.«

»Doch nicht etwa in meinem Büro? Hatten wir nicht erst neulich vereinbart, Mandanten grundsätzlich nicht in die Büros abwesender Anwältinnen zu führen?«

»Hätte ich sie vielleicht hier draußen Platz nehmen lassen sollen?«

Ein fülliger Arm beschrieb einen Halbkreis über das

Chaos von Kinderspielzeug, Lappen und Eimern. Der Kleine hockte unter einem Schreibtisch und heulte wie am Spieß. Auf Marinas Wangen brannten hektische Flecken und die ganze Last alleinerziehender Mütter. Der private Kindergarten, den ihr Sohn besuchte, war wegen akutem Windpockenbefall geschlossen; der Jahresurlaub für die großen Sommerferien reserviert. Jetzt galt es, eine barmherzige Seele aufzutun, bei der Raffi ungestört seinen Unsinn abziehen konnte.
»Schon gut«, murmelte Sina entnervt. Keine Grundsatzdiskussionen, nicht an diesem Morgen, wo einem unvermutet Bäche aus Papierkörben entgegenflossen. »Besteht die Aussicht auf frischen Kaffee?«
»Ganz wie Sie wünschen!«
Obwohl die Frage keineswegs speziell an sie gerichtet war, erhob sich Tilly ostentativ und segelte in Richtung Küche. Es würde Tage dauern, bis sie wieder entleidigt war. Aber was half's: Trotz ihrer Empfindlichkeit war sie ein Prachtstück und außerdem die wohl genialste Organisatorin des Aktenwesens der westlichen Hemisphäre, wie Hanne immer behauptete. Daher lief es vermutlich ebenso ab wie schon die unzähligen Male zuvor: Funkstille, zarte Annäherung – Versöhnung. Es gab Dinge, die waren schlechterdings unabänderlich.
Sina betrat seufzend ihr Büro.

Immer wieder war sie überrascht, wie gut Nathalie Eschenborn aussah. Sie hatte einiges an Gewicht ver-

loren, seitdem sie sich zum letzten Mal gesehen hatten, und die Linien um Mund und Augen zeichneten sich schärfer ab, als stünde sie unter Streß, aber sie war und blieb eine auffallende Erscheinung: herzförmiges Gesicht, schmale Nase, trotzig aufgeworfene Lippen und eine Flut dunkelblonder Haare. Dazu ein Körper, wie sich ihn Männerphantasien besser nicht hätten ausmalen können, mit Beinen bis zum Kinn, knabenhaften Hüften und einem üppigen Busen, den sie am liebsten unter Jacketts oder weiten Pullis versteckte.
Seit einigen Jahren mit all ihren Steuerangelegenheiten in Hannes kostenbewußten Händen, war sie bislang zweimal Sinas Mandantin gewesen: Das Mietvertragsproblem wegen einer kleinen Wohnung, die sie sich als Büro einrichten wollte, lag schon etwas zurück. Im vergangenen Herbst war Nathalie dann als umsatzbeteiligte Cheftexterin bei einer mittelgroßen Agentur eingestiegen. Sina hatte die komplizierten Abmachungen juristisch abgeklopft und sie dabei unterstützt, ihre Forderungen gegenüber den beiden anderen Partnern – beides Männer – durchzusetzen.
Die beiden Frauen, die nur ein paar Jahre voneinander trennten, mochten sich, wenngleich Nathalie Eschenborn das war, was Sina für sich »Person mit Tapetentür« nannte. Obwohl sie lebhaft war und gestenreich sprach, umgab sie eine Aura der Zurückhaltung. Etwas Unbestimmbares, aber Wichtiges fehlte: jenes innere Leuchten, das Menschen so anziehend erscheinen läßt. Rauchgraue Augen blickten skeptisch in die Welt, und die dunklen, überraschend kräftigen Brau-

en konnten sich plötzlich abwehrend zusammenziehen. Jetzt aber lächelte sie.
»Schön, daß Sie da sind!«
»Tut mir leid, daß Sie warten mußten«, erwiderte Sina. »Es gab noch etwas Dringendes zu erledigen.«
»Kein Problem! Ich habe heute meinen freien Tag. Da kommt es auf ein paar Minuten wirklich nicht an.« Ihr Lächeln verschwand.
»Wie es aussieht, habe ich geerbt.« Sie reichte Sina ein Blatt Papier. »Das kommt vom Nachlaßgericht. Nächsten Dienstag ist die Testamentseröffnung. Ich bin unter anderem hier, um Sie zu bitten, diesen Termin für mich wahrzunehmen.«
Sina überflog das Geschriebene. »Mein Beileid«, sagte sie dann. »Ich wußte nicht, daß Ihr Vater gestorben ist.«
»Gestorben ist eine nicht ganz korrekte Beschreibung. Er wurde in seiner Villa in Pullach überfallen. Und umgebracht. Sie haben sicher darüber gelesen. Die Zeitungen waren voll davon.«
»Der Pullacher Mordfall – natürlich! Ihr Vater – wie schrecklich für Sie! Ich wußte ja nicht, daß er ...«
»Ja, die Presse war im Detail erstaunlich diskret. Kein Wunder, schließlich war mein Vater nicht nur angesehener Unternehmer, sondern auch Mitglied des bayerischen Senats. Manche Verbindungen scheinen über den Tod hinaus ihre Gültigkeit zu behalten.« Ihr Ton hatte sich verändert.
»Wie ist der Stand der Ermittlungen? Gibt es schon eine heiße Spur?«

»Die Polizei geht von Raubmord aus. Das heißt, wenigstens anfangs tat sie das. Inzwischen sprechen, so Oberstaatsanwalt Engl, ein paar entscheidende Dinge dagegen.« Sie fuhr sich mit der Zunge über die Lippen.
Bevor Sina etwas erwidern konnte, flog die Tür auf. Anke versuchte sich in dem Kunststück, ein Tablett zu balancieren und gleichzeitig ihren Busenschoner festzuhalten. Letzteres mißlang.
»Hast du nicht noch irgendwo ein T-Shirt rumliegen?« fragte Sina säuerlich. Auch wenn das Mädchen die Tochter ihrer Freundin Friederike war und sie Anke schon als Kleinkind gekannt hatte, in der Kanzlei hatte sie sich den Regeln zu fügen, die für alle galten.
»Sind doch eh nur Frauen weit und breit«, maulte Anke. »Was soll man in dieser Affenhitze denn anziehen?«
»Eine Kanzlei ist ein Ort der Rechtspflege und kein Nacktbadestrand!«
Sinas Tonfall ließ Anke einlenken. »Okay, schon verstanden! Wenn die große Vorsitzende befiehlt – ich gehorche!«
Mit einem rasanten Hüftschwung war sie draußen.
Sina schenkte ihrer Besucherin, dann sich selbst Kaffee ein.
»Was hatten Sie eben gesagt? Vor dieser Zirkusnummer?«
»Mein Vater wurde am 20. Mai ermordet. Erschlagen, und anschließend mit einer Pistole in die Stirn geschossen. Aber da lebte er laut Obduktionsbericht

schon nicht mehr. Natürlich gibt es eine Alarmanlage im Haus, aber der Täter konnte unentdeckt entkommen. Das Zimmer wurde zudem in Brand gesteckt. Und die Feuerwehr hat beim Löschen noch den Rest erledigt.« Sie hüstelte. Trank einen Schluck. Ihre Stimme klang belegt, als sie weitersprach. »Zumindest scheint die Spurensicherung am Ende ihres Lateins. Und nicht nur sie. Man tut sich ausgesprochen schwer, einen Schuldigen zu finden. Sonst wären sie wohl kaum auf mich verfallen.«

»Heißt das, die Polizei verdächtigt Sie?«

Nathalie zuckte die Achseln, aber ihr Mund war hart geworden. »Ist natürlich blanker Unsinn. Aber wie die meisten braven Unschuldigen habe ich kein Alibi. Keines jedenfalls, das der Polizei gefällt. Ich war nämlich in der fraglichen Zeit allein im Büro. Beim Texten. Ein eiliger Auftrag. Sie verstehen.«

»Seien Sie nicht zu sorglos, Frau Eschenborn! Naivität in einem Mordfall kann unter Umständen ganz schön gefährlich werden.«

»Ich hatte wahrlich kein gutes Verhältnis zu meinem Vater.« Das Gesicht der Frau war abrupt versteinert. »Aber umgebracht habe ich ihn deswegen noch lange nicht.«

»Man muß nicht schuldig sein, um unter Verdacht zu geraten oder verurteilt zu werden«, sagte Sina ernst. »Polizei und Staatsanwaltschaft werden nervös, wenn kein passender Mörder auftaucht. Dazu kommt, daß die meisten Täter aus dem Familienkreis kommen. Also beginnt die Polizei genau da zu ermitteln. In der

Regel verliert irgendwann einer die Nerven und gesteht. Auf diese Weise werden die meisten Fälle aufgeklärt.«
Sie stand auf, ging rüber zu ihrem Schreibtisch und kam mit einer Visitenkarte zurück. »Sie wissen ja, daß ich bei Strafrecht passe. Aber mein Freund und Kollege Louis Levin kann Ihnen sicher weiterhelfen. Schwul, teuer und absolut brillant. Ich würde Ihnen dringend empfehlen, sich sofort mit ihm in Verbindung zu setzen. Sagen Sie nur, daß ich Sie geschickt habe. Dann weiß er schon Bescheid.«
»Danke.« Die Mandantin steckte die Karte in ihre weinrote Beuteltasche. »Mach ich, wenn Sie meinen, daß es so wichtig ist. Und diese Erbschaftsgeschichte? Am liebsten wäre mir, Sie würden alles für mich abwickeln. Je weniger ich damit zu tun habe, um so besser.«
»Schön der Reihe nach! Kommen wir erst einmal zurück zur Testamentseröffnung. Sind Sie die einzige Erbin, oder gibt es andere? Ihre Mutter? Geschwister?«
»Meine Mutter ist schon lange tot. Da ist nur noch Dominik, mein jüngerer Bruder. Aber wir haben nicht viel miteinander zu tun. Wir sind eine komische Familie, lauter Einzelgänger.« Ihr Lächeln wirkte bemüht.
»Klingt nach ganz ordentlichen Spannungen.«
»Spannungen?« Nathalie lachte kurz auf. »Sagen wir lieber, mein Bruder und ich sind ganz und gar unterschiedlich. Getrennte Neigungen, getrennte Wege.

Dabei waren wir unzertrennlich, als wir klein waren. Brüderchen und Schwesterchen wie im Märchenbuch. Aber das ist Ewigkeiten her.«

»Wenn sonst keine direkten Erben vorhanden sind, dürfte das Testament Sie beide vermutlich zu gleichen Teilen berücksichtigen.«

»Das glaube ich kaum!« widersprach Nathalie. Ihre Gesten wirkten auf einmal fahrig. Sie zündete sich eine Zigarette an, machte ein paar Züge und drückte sie wieder aus. Sina verkniff es sich, es ihr nachzutun. Der Rachen brannte, und ihre Zunge fühlte sich an, als habe sie bereits eine ganze Schachtel inhaliert. »Mein Vater und ich haben uns, wie gesagt, nicht besonders verstanden. Und während der letzten Jahre kaum gesehen. Ich gehe davon aus, das hat sich in seinem Letzten Willen ausgewirkt. Unmißverständlich, wie ich ihn kenne. Das Haus, die Immobilien, vor allem aber die Fabrik – ich bin sicher, er hat Lösungen gefunden, die ihm mehr zusagen.«

»So bitter?« fragte Sina und mußte unwillkürlich an ihr verkorkstes Verhältnis zu T. V. Teufel denken. Mit komplizierten Erbschaftsgeschichten jedenfalls würde sie eines Tages nicht konfrontiert werden. Sie konnte schon froh sein, wenn sie ihm nicht den Lebensunterhalt und weitere Sperenzchen finanzieren mußte.

»Nicht bitter.« Nathalie schüttelte den Kopf. »Nur realistisch. Wenigstens das hat er mir beigebracht. Ist doch auch schon was.« Ihr Ton wurde drängender. »Vertreten Sie mich bei der Testamentseröffnung?

Dienstag um neun? Ich weiß, es ist kurzfristig, aber es wäre wichtig für mich.«
»Sie wollen Ihrem Bruder nicht begegnen.«
Nathalie Eschenborn war aufgestanden. Gardemaß, beinahe einsachtzig, wie Sina schätzte. Eine der handverlesenen Frauen, die Leinenstiefel und Shorts tragen konnten.
»Ja, das möchte ich nicht. Sein Auftritt bei der Beerdigung hat mir gereicht. Absolut bühnenreif: Um ein Haar wäre er Papa ins offene Grab nachgesprungen. Dabei hatten die beiden auch ihren Zoff miteinander. Aber für eine gute Inszenierung besaß Dominik schon als Dreijähriger das richtige Gespür. Damals pflegte er Mamas Hüte aufzusetzen, in ihre Pumps zu schlüpfen und auf der Treppe ganze Abendgesellschaften zu unterhalten.«
Sina blätterte in ihrem Terminkalender.
»Wird eng«, sagte sie. »Aber es geht. Hat wohl wenig Sinn, Sie zu bitten, mir künftig ein bißchen früher Bescheid zu geben?«
Jetzt verzogen beide das Gesicht. Sina hatte auf die jüngst zurückliegenden Vertragsverhandlungen angespielt. Nathalies nachlässiger Umgang mit Terminen hätte das Projekt um ein Haar zum Platzen gebracht.
»Ich werde mich bessern«, sagte sie. »Ehrenwort!«
»Sie können gleich damit anfangen, indem Sie im Sekretariat ein paar Vollmachten auf Vorrat unterschreiben«, schlug Sina vor. »Damit wir unverzüglich loslegen können. Wo kann ich Sie am Dienstag nachmittag telefonisch erreichen?«

Nathalie zog einen gespielten Flunsch.
»In der Agentur«, sagte sie. »Immer tapfer am Malochen. Letzte Woche bin ich neununddreißig geworden. Sieht nicht so aus, als würde der Märchenprinz noch vorbeikommen.«
»Stehen die nicht längst unter Artenschutz?« fragte Sina und brachte sie lachend hinaus.

Später Nachmittag, dreiunddreißig Grad im Schatten. Selbst die Fliegen hingen schlapp an der Scheibe. Alle Sekretärinnen waren ins Wochenende ausgeflogen, nur Arno Rebell hatte freiwillig den Telefondienst übernommen.
Sina legte das Diktiergerät aus der Hand und öffnete die Schiebetür zum Nachbarbüro.
Hannes Zimmer erinnerte sie an das Warenlager eines mittelständischen Möbelgeschäfts. Stapelweise Teppichbücher lagen auf dem Boden, Dekorationsstoffe aller Art auf den Stühlen. Blickfang war ein überdimensionaler Verkaufsständer, der Keramikplättchen in Regenbogenfarben feilbot.
»Ah ja«, sagte Sina spöttisch, »die italienische Variante! Wahrscheinlich eine spezielle Empfehlung vom Herrn Einrichtungsberater!«
Hanne warf ihr einen scharfen Blick zu.
»Einen kalten Campari zum Durchschnaufen?« schlug Sina versöhnlicher vor.
Hanne nickte.
Sina ging in die Küche und kam mit zwei beschlagenen Gläsern zurück.

»Salute! Auf die Hitze – und die doofe, alte Liebe!« Ihre Stimme hatte einen rauhen Unterton.

Sie tranken.

»Demnach ist Pit endgültig abgedüst«, tippte Hanne treffsicher. »Große Versöhnung? Alles wieder paletti?«

Sina schüttelte den Kopf.

»Hätte ich mir gleich denken können, als ich heute mittag dein miesepetriges Gesicht gesehen hab!«

»Und wie steht's bei dir? Sind die gehäkelten Klobrillen schon im Anrollen?«

Seit Wochen gärte das Thema Wohnungswechsel zwischen ihnen. Nicht genug, daß sich Bill Bergis im letzten Jahr bei Hanne eingenistet hatte; jetzt hatte er noch ein aufgemotztes Dachgeschoß in der Innenstadt aufgetan und die Zögernde so lange bestürmt, bis sie schließlich doch schwach geworden war. Sina hielt es für eine denkbar schlechte Idee, daß Hanne dafür ihr geliebtes Hexenhäuschen in Steinhausen aufgeben, den Löwenanteil ihres Vermögens investieren und sich zusätzlich einen Schuldenberg aufhalsen sollte.

Von Bill war nichts zu erwarten, zumindest nicht in pekuniärer Hinsicht. Seit einem halben Jahr erzählte er jedem, der ihm unter die Finger kam, von den lettischen Filmwochen, die ganz München unwiderstehlich in ihren Bann ziehen würden. Ob noch in diesem Jahrtausend, blieb freilich fraglich. Keiner wußte, was er eigentlich trieb, wenn er nicht gerade ungebeten Ventilatoren montierte.

»Vernünftig war ich lange genug«, erwiderte Hanne. »Jetzt will ich endlich leben. Und zwar richtig!«
»Recht hast du«, sagte Sina. »Aber muß das ausgerechnet auf hummerfarbenen Flauschböden sein?« Sie zog mit spitzen Fingern ein rosafarbenes Veloursteilchen hervor. »Ich weiß nicht, wieso, aber deine abgelatschten Dielen passen einfach besser zu dir!«
»Daß alle immer versuchen müssen, mir in mein Leben reinzuquatschen!« Hannes Reaktion verriet, wie schwer ihr der Abschied von dem verwinkelten Haus in Wirklichkeit fiel. »Glaub mir, Sina, manchmal muß man spontan springen, nicht erst, wenn alle Sicherheitsnetze montiert sind.« Sie setzte eine Verschwörermiene auf. »Es ist eine Sache, den Liebsten bei sich einziehen zu lassen. Aber eine vollkommen andere, sich gemeinsam ein neues Nest zu bauen!«
»Stammt diese Weisheit von Bill?«
»Nein, von mir.«
Hannes Kinn zitterte leicht. Es hatte keinen Sinn, sie weiter in die Defensive zu treiben. Außerdem gab es etwas, das Sina an Hannes Entschlossenheit betroffen machte. Vielleicht liefe auch in ihrem Leben alles ganz anders, wenn nicht zu Redfords übervorsichtiger Zukunftsplanung ihr blödsinniges eigenes Mißtrauen käme …
»Nathalie Eschenborn war heute morgen bei mir«, wechselte sie das Thema. Allerdings würde sie bei passender Gelegenheit den nächsten Vorstoß in Sachen Umzug wagen. Zum Glück war ja noch nicht das

letzte Wort gesprochen. »Wegen einer Erbschaftsgeschichte. Stell dir vor: Das Pullacher Mordopfer ist ihr Vater!«
»Der Senator? Das gibt's doch gar nicht!«
Sina nickte. »Genau der! Hast du ihn eigentlich gekannt? Was war er für ein Typ?«
»Snob erster Güteklasse«, kam spontan Hannes Antwort. »Ich bin ihm nur einmal begegnet. Auf einer steifen Cocktailparty irgendwelcher Wirtschaftsprüfer. Jetzt, wo du mich fragst: Er kam mir vor wie ein Abziehbild.«
»Ein Abziehbild?«
»Ja, irgendwie künstlich. Zu smart, zu braun, zu weißhaarig. Als sei er direkt den Werbeslogans seiner Tochter entsprungen.«
»Aber die mochte ihn nicht besonders«, sagte Sina nachdenklich und spielte mit ihrem Glas.
»Kannst du mir ad hoc ein halbes Dutzend Menschen über dreißig aufzählen, die keine Probleme mit ihren Eltern haben?« erwiderte Hanne. Ihre Mutter quälte sie mit erschlagenden Marmeladesendungen und drohte in regelmäßigen Abständen, in der Kanzlei vorbeizukommen, um endlich alles auf Trab zu bringen.
Sina überlegte und zuckte dann die Achseln.
»Siehst du? Kannst du nicht!« Hanne ließ eine effektvolle Pause folgen. »Wann, sagtest du, wollte dein Vater bei dir anrollen?«
»Ach, du liebes bißchen!« Sina sprang auf. »Der hat mir gerade noch gefehlt!« An der Tür blieb sie stehen,

legte den Kopf schief und grinste. »Weißt du, werte Sozia, daß du bisweilen etwas ausgesprochen Hinterfotziges haben kannst?«
Sie duckte sich rechtzeitig. Hannes Eisstückchen prallten am Rahmen ab.

3

Manchmal hatte das Kind das Gefühl, daß die Welt sich schief legte. Dann kam es ins Rutschen und kippte ganz langsam von der Erde runter. Es wurde in den Weltraum geschleudert, wo Dunkelheit und Kälte herrschten.
Das absolute Nichts. Es hörte auf zu sein.
Die Angst in solchen Momenten war körperlich wie Übelkeit. Stieg auf in seinem Brustkorb und vermischte sich mit dem Schmerz, der dort für immer eingefroren war. Es machte nur noch winzige Atemzüge, ganz flach, weil es beim Ausatmen zu sinken begann, dorthin, wo die Angst saß.
Es war gut möglich, daß es jeden Moment zu tief fiel.

Das Kind lag wach im Bett und beobachtete die Flekken an der Decke. Es war sich nicht sicher. Aber es konnte sein, daß sie sich bewegten.
Es war ungeschützt. Allein in seinem Kinderzimmer.
Ein heißer Sommer. Das Kind blieb trotzdem unter der Decke.
Am liebsten hätte es sein Hemdchen ausgezogen, aber selbst das erschien ihm zu gefährlich. Es behielt es also an.
Es schwitzte lieber.

Zu dieser Zeit hatten seine Besuche zur Schlafenszeit bereits begonnen. Da war das Kind ungefähr sieben und längst zu groß geworden für sein altes Gitterbettchen. Aber es vermißte die Stäbe, die kleine, vergitterte Welt, hinter der es sich sicher und geborgen gefühlt hatte.
Papa kam ins Zimmer und schloß vorsichtig die Tür. Er setzte sich an das Bett. Sein Atem dröhnte in den Ohren des Kindes.
Es versuchte sich unsichtbar zu machen, aber es nützte nichts. Seine Hand kroch trotzdem unter die Decke. Er hatte schöne Hände, lange Finger, geschickte, zierliche Daumen. Er konnte alles damit machen. Seine Finger waren so groß. Der Körper des Kindes so klein.
»Das ist unser Geheimnis«, flüsterte er. »Nur du und ich, ja?«
Das Kind traute sich nicht zu schlucken. Zigaretten, warme Haut, ein würziges Eau de Cologne. Er roch schwer und bedrohlich.
»Du hast es gern, nicht wahr? Sag, daß du es gern hast!«
Es antwortete nicht. Es bewegte sich nicht. Es fühlte sich, als wäre es festgefroren.
Das Geheimnis war eine mächtige Waffe.

Das Kind sah sein braungebranntes Gesicht über sich, glattrasiert, die hellen Augen, den schmalen, festen Mund. Er atmete schwer, wie er es all die nächsten Jahre tun würde, während er es auf den Bauch legte, die Hände festhielt und seinen Hintern anfaßte.

Er schlug zu. Es tat weh. Das Kind hatte Angst. Große Angst.
»Keine Angst«, sagte er. »Ich tu dir nicht weh. Ich würde dir niemals weh tun.«
Er log. Alles in dem Kind lehnte sich dagegen auf. Er machte mit ihm, was er wollte.
Seine Stimme war tiefer als sonst und sollte beruhigend klingen. Das Kind kannte sie. So sprach er, wenn er mit wichtigen Leuten zusammen war, die er überzeugen wollte.
»Bleib ganz still liegen! Laß locker, wir tun nichts Böses!«
Wenn sie nichts Böses taten, warum sagte er dann, daß sie nichts Böses taten?

Plötzlich stöhnte er auf. Er sackte über dem Kind zusammen.
War er tot?
Das Kind blieb ganz ruhig liegen. Irgendwann würde er weg sein.
Aber es hatte zu lange gewartet. Noch ehe es das Kind über den Flur bis ins Bad geschafft hatte, fühlte es warmes Pipi seine Beine runterrinnen.
Es hatte sich naß gemacht. Es schämte sich.
Es tat weh. Dort, wo Papa das Kind angefaßt hatte.
Es hatte sich nicht gewehrt. Es hatte aufgehört zu fühlen.

4

Kurz vor halb zehn stellte sie die Teller zusammen und legte die Servietten weg. Die Kerze im Windlicht flackerte noch einmal auf und erlosch. Sina machte keine Anstalten, sie zu ersetzen. Es war ein langer, heißer Tag gewesen; sie hatte das Warten gründlich satt.

Die pünktlich gelieferten indischen Delikatessen waren inzwischen zu wenig ansehnlichen Häufchen zusammengesunken; die Gambas schwammen in Öltunke, der Fisch sah zäh und trocken aus, die Chapatis glichen müden Teig-Flundern. Sina hatte ohnehin keinen Hunger. Sie hatte die Weinflasche bis zum letzten Drittel geleert und spürte die Ahnung aufziehender Kopfschmerzen.

Kein Anruf, natürlich nicht. Wozu auch?

War doch nur seine Tochter, die beizeiten gelernt hatte, daß man sich nicht auf ihn verlassen durfte. Die drängenden Telefonate, das »Ich-muß-dich-unbedingt-sprechen« – nichts als veraltete Stichworte in einem Theaterstück, das abgesetzt worden war, bevor sie es kapiert hatte.

Ihr Fehler!

Jetzt rauchte sie doch. Es bereitete ihr geradezu grimmige Freude, wie schlecht sie sich dabei fühlte.

Noch immer war die Luft lau und streichelte ihre

bloßen Arme. Sie hatte das weiße Kleid angezogen, das sie seit Jahren nicht mehr getragen hatte. Wahrscheinlich, dachte sie bitter, um Papa das Bild von Tochter zu bieten, an das er von früher gewöhnt war. Patent, klug, kühl. Und unschuldig – auf alle Fälle unschuldig!
Warum fiel ihr ausgerechnet jetzt ein, wie er sich damals aufgeführt hatte, als sie sich zu ihren ersten Teenager-Rendezvous verabredet hatte? Seine jäh erwachte Besorgnis, sein Mißtrauen, seine Eifersucht, all das stand plötzlich wieder vor ihr. Sie hatte sich im Keller schminken und heimlich aus dem Haus schleichen müssen, um diese durch und durch harmlosen Andis, Stefans oder Jürgens zum Eisessen oder Schlittschuhlaufen zu treffen.
Es war schwierig und schmerzhaft gewesen, dieses unvorbereitete Reifen vom Mädchen zur Frau. Ohne die Unterstützung ihrer Mutter wäre sie vermutlich zu einem Blaustrumpf verkümmert und hätte die Welt der Bücher für immer mit der Realität verwechselt.
Ungeduldiges Läuten. Zweimal. Viermal. Sina ging langsam zur Wohnungstür und öffnete.
»Tut mir leid, daß es etwas später geworden ist!«
Er hatte gekühlten Champagner dabei und einen bunten Sommerstrauß. Sie wich der angestrebten Umarmung unauffällig aus.
»Komm rein! Ich hatte, um der Wahrheit die Ehre zu geben, nicht mehr mit dir gerechnet.«
Er folgte ihr in die Küche, wo sie die Blumen versorgte, und sah sich neugierig um.

»Schön ist es bei dir! Sag mal, hast du etwa umgestellt? Kommt mir alles so anders vor als beim letzten Mal.«
»Du warst lange nicht mehr da. Oder dein Gedächtnis läßt nach«, sagte sie barscher als beabsichtigt und ärgerte sich im gleichen Augenblick darüber. Sie hatte sich doch geschworen, beherrscht und sachlich zu bleiben! »Mein Job läßt mir wenig Zeit für häusliche Aktivitäten. Und außerdem mag ich es, wenn die Dinge ihren Platz haben.«
»Ich weiß«, erwiderte er unerwartet weich. »Das ist einer der Gründe, weswegen ich dich sprechen wollte. Gehen wir nach draußen?«
Es gelang ihm bestens, den halbabgedeckten Tisch auf der Terrasse zu übersehen. In solchen Dingen war er seit jeher fabelhaft gewesen. Statt dessen fiel sein Blick auf den Aschenbecher.
»Du rauchst noch immer?«
Sina nickte. Geht dich überhaupt nichts an, dachte sie. Hört diese verdammte Bevormundung denn niemals auf?
»Darf ich mir ein Zigarillo anzünden?« fragte er zu ihrer Verblüffung.
Er tat es mit sichtlichem Genuß. Dann ließ er den Korken springen. Kein Wort von seinem sonstigen Gesundheitsapostelzeug! Er sah besser aus als bei ihren letzten sporadischen Treffen. Ein zierlicher, alerter Mann, dem man seine Zweiundsiebzig nicht ansah.
Er hatte noch immer dichtes, gewelltes Haar, einst-

mals aschblond, mittlerweile beinahe weiß, ein schmales, leicht gebräuntes Gesicht und auffallend schöne, schlanke Hände. Trotz seiner Vorliebe für gutes Essen gab es nicht einmal den Ansatz eines Bauches. Blaue, lässige Leinenhosen, ein helles Jakkett, englische Schuhe. Es war eine ganze Weile her, daß er so teure Sachen getragen hatte.

Er begann einzuschenken.

»Für mich nur halb.« Sina hielt die Hand über ihr Glas.

»Siehst müde aus, Gesine-Valerie«, sagte er und goß es randvoll. »Gönnst du dir auch manchmal Verschnaufpausen?«

»Bitte, Theo ...«

»Schon gut!« winkte er ab. »In Ordnung! Ich bin der letzte, der das Recht hätte, dich danach zu fragen, nicht wahr?«

Er prostete ihr zu.

»Auf uns«, sagte er leise. »Trotz allem. Ich weiß, daß ich dir ganz schön harte Nüsse serviert habe. Entschuldige bitte, Tochter.«

»Weshalb bist du hier?« fragte Sina. »Was ist passiert?«

Er blieb die Antwort schuldig. Statt dessen trank er konzentriert. Die Stille dehnte sich.

»Hast du eigentlich in letzter Zeit etwas von Harry gehört?« wollte er plötzlich wissen.

»Harry? Nein, und ich bin auch nicht besonders traurig darüber. Weshalb fragst du?«

»Nur so«, erwiderte er schnell und lachte. »War schon

ein verrückter Kerl, dein Ehemann! Auf eine Art mag ich ihn noch heute.«
»Ich auch«, sagte Sina. »Vorausgesetzt, er läßt mich in Frieden.« Auf diesem Ohr war sie taub. »Was ist los? Laß mich mal raten: Geldprobleme? Liebeskummer?« Sie schaute ihn prüfend an. »Du bist doch nicht etwa ernstlich krank?«
»Nein, alles in Ordnung«, wehrte er ab. »Sag mal, was ich dich immer schon fragen wollte: Hast du ganz mit dem Thema Ehe abgeschlossen? Ich meine, endgültig?«
»Ich denke schon«, erwiderte sie spontan. »Ein Reinfall dieser Größenordnung war genug. Mittlerweile habe ich mich ganz gut daran gewöhnt, mein Leben auf meine Weise zu leben. So, wie ich es mag.«
»Fühlst du dich nie allein dabei?«
Was hätte sie nicht alles dazu sagen können! Sie dachte an Redford, an seine Tochter Jenny mit dem braunen Mäusepony, an Monika, die Kindsmutter, mit der er nicht mehr zusammenleben konnte und wollte, die ihn aber nicht losließ, sondern sich mit tausenderlei unterschiedlichsten Gefühlen und Ansprüchen an ihn klammerte. Und er sich ebenso an sie, da machte Sina sich nichts vor. Ob sich das jemals ändern würde, stand in den Sternen. Manchmal jedenfalls glaubte sie nicht mehr so recht daran.
»Klar fühl' ich mich manchmal allein!« gab Sina zu. »Aber ein Ring am Finger ist auch noch keine Garantie dagegen, oder?«
Theo Teufel war aufgesprungen und nahm eine unge-

wohnt formelle Haltung ein. Er sah aus wie ein kleiner Junge, der gleich sein Gedicht aufsagen muß.
»Nach reiflicher Überlegung möchte ich wieder heiraten, Gesine. Und dich bitte ich um deine Einwilligung dazu.«
»Trägt man das normalerweise nicht der Mutter der Braut vor?«
Sein Gesicht verzog sich schmerzlich. Er setzte sich.
»Ich kann deinen Zynismus verstehen, nach allem, was geschehen ist. Ich weiß, daß ich Fehler gemacht habe, viele Fehler. Deiner Mutter gegenüber. Und gegenüber dir natürlich. Eine gewisse Unstetigkeit in geschäftlichen Dingen, die vielen Umzüge, und vor allem die ständigen Affären, aber weißt du, ich konnte einfach nicht allein bleiben. Und dabei war ich es eigentlich immer! Aber das ist mir erst in letzter Zeit bewußt geworden.« Er begann zu strahlen. »Das ist Vergangenheit, Schnee von gestern, glaube mir! Diesmal ist es vollkommen anders. Ich habe meine große Liebe gefunden und bin glücklich wie nie zuvor!«
»Wie schön für dich. Und wie alt ist sie? Vierunddreißig? Achtundzwanzig? Oder noch ein bißchen jünger?«
»Möchtest du ihr Bild sehen?«
Er streckte ihr ein Foto entgegen. Eine sympathische, mütterlich wirkende Frau mit kurzen, dunklen Locken lächelte Sina entgegen. Freundliche Augen, ein Hauch von Doppelkinn. Sie sah aus wie jemand, der Hunde, kleine Kinder und üppige Kaffeetafeln liebt.

»Melissa ist sechzig«, sagte er, unüberhörbar stolz, »und Witwe. Eigentlich ist sie Rheinländerin, lebt aber seit Jahren im Ausland. Sie hat ein kleines Hotel auf Mallorca, ein Familienunternehmen, das sie mit ihren beiden Söhnen betreibt. Prima Kerle, Pablo und Antonio, beide verheiratet. Das erste Enkelkind ist schon unterwegs. Aber es ist genug für alle da. Dreißig Zimmer, Privatstrand mit Kiosk und Bootsverleih. Um den soll ich mich in Zukunft kümmern.«
»Hoffentlich findest du die passende Kapitänsmütze!«
Er schien ihre boshafte Antwort gar nicht gehört zu haben.
»Wir haben uns beim Tangotanzen kennengelernt«, fuhr er versonnen fort. »In einem Kursus für reifere Jahrgänge. Sie hat die schönsten Hüften der Welt. Und wunderbare braune Augen. Ich bin der zweite Mann in ihrem Leben, hat sie gesagt. Sie wünscht sich, daß ich ihr letzter bleibe. So eine Art von Frau ist sie.« Er sah auf. »Wirst du kommen?«
»Wohin?«
»Nach Mallorca. Am 15. August, wenn wir Hochzeit feiern. Melissa ist sehr religiös. Sie möchte, daß die Jungfrau Maria unseren Bund segnet.«
Das war nun wirklich zuviel. »Meinst du nicht, daß du ein bißchen übertreibst?«
»Es war mir noch nie so ernst«, erwiderte er fest. »Ich habe mir vorgenommen, diese Frau glücklich zu machen. Und genau das werde ich tun, das verspreche ich dir!«

Sie stand auf, ging zum Geländer, schaute über die umliegenden Dächer. Vollmondlicht in Hülle und Fülle. Auch den schwärzesten Kater hätte man nicht übersehen können. In diesem Augenblick fehlte ihr Taifun mehr denn je.
Sina seufzte und drehte sich wieder um. Theos Augen hingen an ihrem Gesicht.
»Bitte, laß mich nicht im Regen stehen!« bat er. »Die Seijos sind eine richtige deutschspanische Bilderbuchfamilie. Ich möchte vor ihnen nicht erscheinen wie ein ... ein ...«
»... Verlierer«, ergänzte Sina. »Wie jemand, der nicht weiß, wohin er gehört, weil er sich sein ganzes Leben keinen Deut um seine Familie geschert hat.«
Er nickte stumm.
»Ich weiß es noch nicht«, sagte sie schließlich. »Gib mir Zeit, um mich an die Vorstellung zu gewöhnen – du als frischgebackener Ehemann! Ich hoffe nur, du hast dir alles gut überlegt. Was du über Melissa und ihre Sippe erzählt hast, klingt nicht, als hätten sie eine große Schwäche für überstürzte Experimente.«
Er war aufgestanden und stand nah vor ihr. Beinahe auf Augenhöhe. Er war nicht viel größer als sie. Sina roch einen Hauch von *Aramis;* seine Spezialmarke, die er sich selbst in knappsten Zeiten geleistet hatte.
»Haßt du mich?« fragte er leise.
Sie brauchte nicht zu überlegen. »Nein.«
»Aber du magst mich nicht«, beharrte er.

»Vielleicht mag ich nur nicht, was du so tust. Ich habe oft Mühe gehabt, dich zu begreifen. Und das hat sich bis heute nicht geändert. Du bist mir einfach sehr fremd.«
»Schade«, erwiderte er zu ihrer Überraschung. Sein Gesicht wirkte plötzlich eingefallen. »Ich wünschte von ganzem Herzen, es wäre anders. Aber dazu ist es wohl zu spät. Es tut mir leid, Gesine. Alles.«

Irgendwann in der Nacht Klappern, Schaben, Scheppern. Schnelles Getrappel weicher Pfoten.
Das blasse Traumgesicht ihrer Mutter löste sich auf. Sina knipste schlaftrunken das Licht an.
Taifun lag heiß und schnurrend auf ihrer Brust. Sein linkes Ohr blutete, und er sah trotz des dichten Fells abgemagert aus.
»Du alter Teufel, du! Wo zur Hölle bist du denn gewesen?«
Sie streichelte ihn. Herzerweichendes Gemaunze. Es klang, als stünde er unmittelbar vor dem Verhungern.
Sie gingen in die Küche, wo Taifun zwei riesige Portionen verschlang. Er bestand auf ihrer Nähe. Kaum machte sie einen Schritt in Richtung Bett, schon setzte sein Jammern ein.
»Warst du gefangen, mein Raubtier? Bist du mutig entflohen?«
Glühende Augen. Dann neigte er anmutig seinen dikken Kopf und begann sich ausführlich zu putzen.

Als er sich später ungeachtet aller Proteste in ihren Nacken schmiegte, spürte Sina, wie eng ihre Kehle wurde.
Lag es an Redford? Ihrem Vater? Oder war es die Erleichterung, daß der Kater wieder da war?
Sie wußte nicht, warum sie losweinte. Sie tat es einfach.

5

Natürlich war es Sina doch nicht gelungen, das Wochenende gänzlich vaterfrei zu halten. Gegen ein zweites Treffen hatte sie sich erfolgreich sperren können. Aber T. V. Teufels erneuter Anruf, halb weinerlich, halb fordernd, hatte genügt, um die alten Gefühle wiederzubeleben.

»Du hast ja ganz abwesende, fast mondsüchtige Augen«, beschwerte sich Carlo van Rees. Er hatte ihre Einladung zu einem Sonntagsfrühstück ausgeschlagen und sie statt dessen am Montag abends ins Restaurant »Galleria« gebeten. Eines der wenigen Lokale der Stadt, die sich nach wie vor ambitionierter »cucina italiana« verschrieben hatten. Das Jahrzehnt des Tiramisu und der Massenpizza hatte seinen Tribut gefordert. Inzwischen saßen, so argwöhnte Carlo, in München längst schon mehr Italiener in deutschen als Deutsche in italienischen Lokalen.

Er beäugte genießerisch seine Vorspeise. Dann ließ er den ersten Bissen auf der Zunge zergehen.

»Mm! Knorpelig derbe grüne Nudeln, süße Erbsen und feinbittere Artischockenstreifen – was'n Gedicht!« In Erwartung weiterer Genüsse äugte er auf Sinas Teller. »Ich hoffe nur, du bist mit deiner Wahl ebenso zufrieden!«

Sie spießte eines ihrer hauchdünnen Radicchio-Raviolis auf.
»Sieht gut aus«, sagte sie und biß tapfer ein Stückchen ab. »Aber eigentlich hab' ich gar keinen Hunger!«
»So schlimm steht es mit Pit, sag bloß?« erkundigte er sich. Seine blauen Augen sahen sie liebevoll an. Kein Anzeichen von Spott. Carlos Anteilnahme klang ernst gemeint. »Kannst du ihm nicht mal ordentlich Dampf machen?«
»Wenn du die Vergangenheit schon nicht ausradieren kannst«, erwiderte sie gedankenverloren, »wie setzt du sie dann außer Kraft?«
»Ach, es geht gar nicht um Pit? Ist es Harry?«
Sie schüttelte den Kopf.
»Auch nicht?« orakelte er. »Dann läßt der Melancholieschub nur noch eine Möglichkeit zu: Theo! Ist der alte Hallodri wieder im Lande?«
Sie reagierte mit einem kleinen Lächeln. »Das ist er. Und ich dachte schon, es wäre endgültig vorbei. Stell dir vor, jetzt will er auch noch heiraten!«
»Vorbei ist es erst, wenn wir tot sind. Zumindest für dieses Mal. Und selbst das dauert bei dir vermutlich noch ein ganzes Weilchen.« Carlo legte die Fingerspitzen aneinander, wie immer, wenn er intensiv nachdachte. »Theo Teufel auf Freiersfüßen? Prima! Ist doch die perfekte Entlastung für dich! Komm schon, meine Schöne, jetzt aber flugs raus aus der Familienkiste!«
Carlo faßte unter ihr Kinn. Sina drehte den Kopf weg.

Von pseudo-väterlichen Anwandlungen hatte sie gerade genug.
Er schnitt eine Grimasse. »Hast du keinen neuen mysteriösen Fall, bei dem du mich wieder mal als Co-Detektiv einsetzen könntest?« fragte er ungerührt weiter. »Nicht eine frische Leiche weit und breit?«
Mit seiner Hilfe hatte sie in den letzten Jahren einige merkwürdige Morde aufgeklärt, an die sie allerdings, wie Sina immer betonte, mehr zufällig geraten war. Carlo schien ausgesprochen Gefallen an diesem aufregenden Spiel gefunden zu haben. »Der beste Ausgleich zu meinem Therapeutendasein«, pflegte er zu behaupten. »Ich liebe es, als Ermittler oder wenigstens ›Gebüsch‹ zu fungieren! Kein Mensch hält es unbeschadet aus, Tag für Tag eine Mischung aus Gottvater und Advocatus Diaboli zu verkörpern. Auf diese Weise kommt wenigstens Leben in die Bude!«
Der Ober schenkte vom Arneis nach, dem beinahe farblosen Sommerwein aus dem Piemont. Sina trank einen Schluck.
»Die einzige, die ich dir im Augenblick bieten könnte, liegt schon seit letzter Woche unter der Erde«, erwiderte sie und lieferte eine Kurzfassung vom schrecklichen Ende des Senators. »Ich vertrete seine Tochter. Eine Erbschaftsgeschichte. Und ich kann dir sagen: Es gibt eine ganze Menge zu erben!«
»Was weiter?« fragte Carlo gespannt. Er hatte augenscheinlich Feuer gefangen. »Hat sie etwas damit zu tun? Oder wer war es deiner Ansicht nach?«
Die Vorspeisenteller waren abgeräumt. Der Kellner

lüftete mit großer Geste die Brotteighaube. In einer Marinade aus Wurzelgemüsen duftete rosig gedämpfter Lachs. Carlo ließ sich großzügig auftun und verdrehte nach dem Kosten verzückt die Augen.
»Nein, hat sie nicht!« widersprach Sina. »Sieht auf den ersten Blick schwer nach Raubmord aus.« Sie stocherte in ihrer wesentlich kleineren Portion herum.
»Das glaubst du doch selber nicht!« Er schwang temperamentvoll seine Gabel. »Erschlagen *und* anschließend auch noch erschossen! Weißt du, was mir dazu spontan einfällt, Sina? Das war eine Hinrichtung!«

Ausgerechnet daran mußte sie denken, als sie Dienstag morgen die Stufen im Dauerlauf nahm. Das Nachlaßgericht hatte man wie auch die Abteilung für Betreuungsrechtssachen, wie es neuerdings hieß, vor einiger Zeit von der Maxburg in der Innenstadt in einen Justizneubau an der Linprunstraße verfrachtet. Schon jetzt war die Schwüle in dem Amtsgebäude mit vereinzelt postmodernen Elementen der frühen neunziger Jahre unerträglich. Aber es würde, so der tirilierende Wetterbericht, noch drückender werden. Höchstwerte bis zu 36 Grad. Kein Gewitter in Sicht. Vermutlich blieb Sina nichts anderes übrig, als ihren Angestellten wieder ein paar Stunden hitzefrei zu geben.
Sie kam auf die Minute genau. In dem kleinen Raum – Tisch, ein paar Stühle, Fischkalender, Rollo – waren außer dem Richter noch zwei Männer anwesend.
Wer der eine war, wußte Sina sofort. Dominik Eschen-

born ähnelte seiner Schwester auf beinahe lächerliche Weise. Das gleiche herzförmige Gesicht, die schmale Nase, die rassigen Brauen. Sein Haar war platinblond gefärbt, aber deutlich dunkler an den Wurzeln, was ihm einen schrägen Touch gab; die Augen grünlich und auf träge Weise sehr wach. Er war bei weitem nicht so schlank wie Nathalie. Sein Körperbau schien mit zuviel Fleisch beladen; er wirkte aufgebläht, ungesund gedunsen. Er trug elegante schwarze Hosen, von einem silberbeschlagenen Gürtel gehalten, und ein grünes Seidenhemd.

»Herr Eschenborn, nehme ich an?«

Er nickte. »*Wolf* Eschenborn«, sagte er leicht manieriert. »Und das ist mein Anwalt, Knud Hagen.«

Der Mann mit dem spitzen Kinn nickte knapp.

Wieso eigentlich Wolf? dachte Sina. Schon wieder einer dieser Identitätssucher, die dafür den Namen ändern müssen? Seine Stimme klang leicht scheppernd und erinnerte sie unwillkürlich an Militärmusik. Jedenfalls paßte sie nicht zu seinen femininen Zügen.

»Ich bin Sina Teufel. Die Anwältin Ihrer Schwester.«

»Ach, ist sie zu feige, um selbst aufzukreuzen? Hätte ich mir eigentlich denken können!«

Als er ihr die Hand entgegenstreckte, bemerkte sie, daß er trotz der Hitze dünne, weiße Baumwollhandschuhe trug.

»Eine Kontaktallergie«, sagte er schnell. »Lästig natürlich, aber vielleicht gar nicht so übel heutzutage, wo man sich vom bloßen Anfassen Ich-weiß-nicht-

was-alles holen kann.« Er entblößte kleine, weiße Zähne. »Setzen wir uns? Ich habe nicht allzuviel Zeit.«
Hagen nickte wieder.
»Können wir?«
Richter Wimmer, ein älterer, adretter Herr mit Schnauzbart, wurde bereits ungeduldig. Das Richteramt am Nachlaßgericht war nicht gerade das, was sich ehrgeizige Juristen als Karrierezenit erträumten. Anzunehmen, daß er, wie viele seiner Kollegen, etwas empfindlich war.
Sina sagte ihren Sermon auf. Wimmer machte sich ein paar Notizen. Dominik Eschenborn, der sich als Wolf vorgestellt hatte, hielt die Augen geschlossen, als lausche er einer inneren Stimme. Hagen stellte sich ebenfalls kurz vor. Dann stierte er zu Boden.
Konsul Eschenborns Testament war in steifem, leicht altertümlichem Deutsch abgefaßt und klang, obwohl formal korrekt, merkwürdig unfreundlich. »Heute, am zwölften Mai ... im Vollbesitz meiner geistigen und physischen Kräfte setze ich meine Tochter Nathalie Veronika Christine als Alleinerbin ein. Ich vermache ihr meine gesamten mobilen und immobilen Güter, als da im einzelnen zu bezeichnen wären ...«
Eine längere Aufzählung folgte. Die Villa in Pullach, eine Ferienwohnung am Comer See, ein Chalet in Davos, Aktien, Wertpapiere, mehrere Konten.
Jetzt wird gleich die Fabrik dran sein, dachte Sina. Präzise wie immer hatte Hanne die wichtigsten Stichpunkte geliefert. Die Werkshallen standen in einem

Industriegebiet nördlich von München und waren jüngst modernisiert worden; die Verwaltung war in einem der teuren Bürohochhäuser am Frankfurter Ring untergebracht. Das Geschäft lief gut. Die *Eschenborner Papiermühlen* gehörten bundesweit zu den Marktführern. Mindestens zehn Millionen wert, eher mehr, hatte Hanne gesagt. Ganz ordentlich für eine Tochter, die wenig für ihren alten Herrn übrig hat.
Brüderlein war fahl geworden. Wenn ein Gesicht einer Landschaft entspricht, dann erinnerte seines an erloschene Vulkane und aufgerissene Krater.
»... Firma ist nicht Gegenstand dieses Testaments ...«
Alle horchten auf, während Wimmer ungerührt weiterlas. »... da sie bereits im Jahr 1993 in eine Familienstiftung überführt wurde. Vorstand dieser Stiftung ist nach meinem Letzten Willen meine Tochter Nathalie. Die Stiftungssatzung ist bei meinem langjährigen Mitarbeiter Hans-Georg Betz einzusehen, der mein volles Vertrauen genießt. Die Satzung regelt alle notwendigen Details und ist meiner Tochter bei Antritt ihres Erbes unverzüglich auszuhändigen ...«
»Schlampe!« Das kam von Eschenborn.
Sina runzelte die Brauen. Hagen tätschelte besänftigend den Arm seines Mandanten. Richter Wimmer hielt inne.
»Nathalie – diese miese Schlampe!«
»Herr Eschenborn, ich muß Sie doch bitten!« Der Richter wurde langsam energisch.
Dominik-Wolf war aufgesprungen. Ballte die Hände zu Fäusten.

»Das ist nicht rechtens!« Seine Stimme überschlug. »Das darf nicht sein!«
»Setzen Sie sich bitte!« forderte Wimmer ihn auf. »Sie haben anschließend Gelegenheit für Ihren Vortrag.«
»Worauf Sie sich verlassen können!« Bevor Hagen einschreiten konnte, hatte er sich vor Sina aufgebaut. »Das könnte meiner Schwester so passen«, schrie er. »Erst unseren Vater beseitigen und dann auch noch alles kassieren! Das mit der Stiftung hat auch sie sich ausgedacht. Aber so läuft das nicht. Mit mir nicht! Sagen Sie ihr das gefälligst!«
Er zitterte am ganzen Körper. Seine Augen standen voller Tränen, die perfekte hysterische Überreaktion. Am einfachsten hätte man ihn wohl mit einer Ohrfeige zur Räson bringen können, aber es mußte auch anders gehen.
»Herr Eschenborn, mäßigen Sie sich!« sagte Sina. Sein Gesicht wurde starr. Er schien glatt durch sie hindurchzuschauen. »Können Sie Ihren Mandanten nicht zur Vernunft bewegen, Herr Kollege?« wandte sie sich an Hagen.
»Von Ihnen laß ich mir gar nichts befehlen!« belferte Eschenborn, ging aber doch zu seinem Platz zurück.
»Können wir weitermachen?« Wimmers Ton war deutlich ungehalten. Er rückte seine weiße Fliege zurecht.
»Ich beantrage, für meine Mandantin den Erbschein auszustellen«, sagte Sina, nachdem der Richter geendet hatte. »Das Testament und damit alle notwendigen Unterlagen liegen Ihnen ja bereits vor.«

»Und ich fechte es an!« schrie Eschenborn. »Mit allen Mitteln werde ich gegen diese Farce vorgehen!«
Die Stimmung im Raum war plötzlich wieder schneidend.
Wimmer wandte sich an Hagen und hielt sich krampfhaft ans Formale. »Tragen Sie das noch schriftsätzlich vor, oder soll ich es gleich ins Protokoll aufnehmen?«
»Natürlich!« erwiderte Eschenborn an seiner Stelle. »Machen wir! Und jetzt noch die Sache mit der Erbunwürdigkeit, Knud! Wie hieß noch mal der Paragraph?«
»Im Namen meines Mandanten stelle ich den Antrag auf Erteilung des Erbscheins«, sagte Hagen. »In der Anfechtungsklage und der Antragsbegründung werden wir die Gründe gemäß Paragraph 2339 BGB darlegen, die für eine Erbunwürdigkeit von Frau Eschenborn sprechen.«
»Ich erwarte Ihre Schriftsätze«, sagte Wimmer. »Die Sitzung ist hiermit geschlossen.«
»Haben Sie noch ein paar Minuten Zeit?« fragte Sina.
»Ganz wie Sie wünschen«, entgegnete Hagen.
Schon halb im Gehen zog Eschenborn ihn noch schnell in eine Ecke und wechselte ein paar halblaute Sätze mit ihm. Dann zog Nathalies Bruder mit dem Ausdruck einer gekränkten Diva von dannen.

Draußen brauchte Sina erst einmal eine Zigarette. Hagen sah ihr mürrisch zu, wie sie in ihrer Aktentasche nach dem Feuerzeug wühlte. Schon der erste Zug machte sie ruhiger. Sie musterte ihn unverhohlen. Aus der Nähe betrachtet verstärkte sich ihr unange-

nehmer Ersteindruck. Wie ein hungriges Frettchen, dachte sie. Ein bißchen von dem, was der andere zuviel auf den Rippen hat, könnte er gut vertragen. Sie bemühte sich um einen kollegialen Ton.
»Als Pflichtteilsberechtigter hat Herr Eschenborn einen Zahlungsanspruch. Ich muß mich erst mit meiner Mandantin besprechen, wie wir weiter vorgehen. Wir werden uns an Ihre Kanzlei wenden, wenn wir Klarheit gewonnen haben.«
»Darf ich Ihre werte Aufmerksamkeit auf die Tatsache lenken, daß das uns eben vorgetragene Testament auf den zwölften Mai datiert ist?«
»Und weiter?«
»Ludwig Eschenborn wurde am 20. Mai ermordet. Exakt acht Tage später.«
»Ich verstehe nicht, was Sie damit sagen wollen.«
»Ist doch mehr als seltsam, nicht wahr?« fuhr er lauernd fort. »Kaum wird Ihre Mandantin testamentarisch begünstigt, schon erliegt ihr Vater einem brutalen Anschlag. Da erhebt sich die berühmte Frage: cui bono?«
»Wollen Sie sich mit diesen Andeutungen den haltlosen Anschuldigungen anschließen, die Ihr Mandant bereits erhoben hat?«
Er verzog seinen Mund. »Die Ermittlung des Täters ist, wie wir beide wissen, Aufgabe der Staatsanwaltschaft. Den Rest dürfte in unserem Fall der bereits erwähnte Paragraph 2339 regeln.«
»Sie halten Nathalie Eschenborn für erbunwürdig?«
Sein Lächeln geriet rasiermesserscharf. »Erbunwürdig

ist, wer den Erblasser vorsätzlich und widerrechtlich getötet hat ... und so weiter und so weiter. Aber das kennen Sie ja!« Er trat einen Schritt näher. Und noch einen. Sina wich unwillkürlich zurück. »Vertrauen im allgemeinen ist eine feine Sache«, zischte er, »zwischen Anwalt und Mandant jedoch unabdingbar, oder sind Sie anderer Ansicht?«

»Was wollen Sie damit sagen?«

»Nun, es entbehrt wohl nicht einer gewissen Pikanterie, daß Frau Eschenborn nicht nur ohne Alibi für die Tatzeit dasteht, sondern nebenberuflich auch noch als Domina arbeitet, wie mir mein Mandant soeben mitteilte. Ein Punkt, der auch die Polizei interessieren dürfte. Unstillbarer Haß auf Männer – könnte das nicht ein Motiv sein?« Er ließ den Kopf leicht in den Nacken fallen. »Ich darf mich empfehlen?«

»Einen Augenblick noch!« Sina machte ein paar Schritte auf ihn zu, um nicht zu laut werden zu müssen. »In Ihrem ureigensten Interesse möchte ich Sie ersuchen, sich mit Spekulationen über das Privatleben meiner Mandantin zurückzuhalten, soweit Sie diese nicht belegen können«, sagte sie eisig. »Solange Sie Ihre Behauptungen über eine Täterschaft meiner Mandantin nicht beweisen können, hilft es Ihnen auch nicht, wenn – was ganz und gar unwahrscheinlich ist – die Staatsanwaltschaft gegen sie ermittelt. Den Erbschein bekommt sie so und so.«

»Aber es kann sehr lange dauern«, gab er zurück. »Das Verfahren wird ausgesetzt, bis eine Klärung erfolgt ist.«

»Ganz schön lästig für Sie! Denn bis dahin sehen Sie ebenfalls keinen Pfennig. Ihr Mandant muß auch auf seinen Pflichtteil warten. Guten Tag, Herr Hagen!«

Nachmittags brach der Telefonterror los. Wie es hatte geschehen können, wußte niemand so recht. Fest stand jedoch, daß sich die einst klar umrissenen Telefonzeiten, in denen die Anwältinnen zu sprechen waren, in lähmendes Hitzechaos aufgelöst hatten. Jetzt hatte Sina ständig jemanden an der Strippe; fordernd die einen, jammernd die anderen, vom Leben bitter enttäuscht die dritten.
Sie hatte sich den Mund halb fusselig geredet. Dazu kam die drückende Schwüle, die den Kopf dumpf und schwer machte. Als Redford schließlich durchgestellt wurde, kam er ihr ziemlich ungelegen. Geschlagene vier Tage hatte er sich mit seinem Anruf Zeit gelassen! Sina hielt erschrocken inne. War sie tatsächlich in das Zeitalter der emotionalen Erbsenzählerei zurückgefallen?
»Jetzt hab' ich endlich die passende Kommandozentrale für meine Unternehmungen gefunden«, sprudelte er los. »In Leipzig, bei meinem alten Freund Winni. Früher war er Journalist, heute schreinert er sündteure Bio-Möbel.« Er gab ihr die Telefonnummer durch. »Und das ganze Souterrain für mich allein!« Sein Ton wurde lockend. »Ausreichend Platz für Damenbesuch. Du hättest nicht zufällig Lust auf einen kleinen Abstecher hierher?«

»Wie braun ist der Osten denn nun tatsächlich?« fragte Sina mürrisch.
Damit spielte sie auf den Arbeitstitel seiner Reportage an. Seit der vielbeachteten Serie über Münchens braunen Filz galt er als Spezialist, was die Enttarnung der rechten Szene betraf. Seine Stories waren gut recherchiert und spannend zu lesen, selbst für ein Publikum, das in der Regel eher Scheu vor komplizierten politischen Analysen hatte. Aber das reichte ihm nicht mehr. Sina wußte, was er eigentlich im Sinn hatte. Weg vom Redaktionsalltag im Boulevardblatt, der ihn nach über fünfzehn Jahren Zugehörigkeit nur noch anödete. Redford war drauf und dran, Sicherheiten aufzugeben und den Schritt zum freien Autor zu wagen.
»Na ja, darauf erwartest du doch nicht wirklich eine Antwort! Dafür bin ich noch nicht lange genug da. Aber gestern hab ich Halmer getroffen, du weißt schon, den Typ aus Halle, der den spannenden Dokumentarfilm über die Skins vor Ort gedreht hat. Und heute abend will eine junge Kollegin den Kontakt zu einer Gruppe Rechtsradikaler herstellen, die in letzter Zeit in der Gegend hier ordentlich auf den Putz gehauen haben. Ganz schön pressegeil, die Jungs, wie es aussieht. Das kann ich mir vielleicht zunutze machen. Klingt jedenfalls vielversprechend.«
»Und hübsch dubios! Paß auf dich auf, versprochen?«
»Versprochen! Weißt du was, Liebchen? Du fehlst mir!«
»Du mir erst!«

Beide schwiegen.
»Wat machste denn nu de janze Zeit ohne mich?« Er berlinerte falsch und übertrieben, wie immer, wenn er gerührt war.
»Wat wohl?« erwiderte Sina. »Den ganz normalen Wahnsinn: verrückte Väter, entlaufene Kater, Aktenberge. Bestenfalls mittelaufregend.«
»War eigentlich ziemlich blöd, unser Streit neulich«, sagte Redford schließlich. »Ich bin ohnehin dabei, eine ganze Menge Dinge zu überdenken. Von wegen Alleinleben und so. Kann ja manchmal was wirklich Zwanghaftes haben. Ich denke, wir sollten uns mal darüber unterhalten, wenn ich wieder zurück bin, meinst du nicht?«
»Unbedingt. Aber laß uns bloß nichts überstürzen.«
Nachdem ihr der zweite Satz herausgerutscht war, hängte er ziemlich bald ein. Sina wußte genau, weshalb.
Immer wieder diese blöde alte Angst! Zog Redford sich zurück, hechelte sie prompt hinterher. Kaum jedoch machte er ein paar Schritte auf sie zu, waren all ihre Fluchtinstinkte aktiviert. Unheilbar verkorkst, dachte sie selbstkritisch. Wenn ich nicht zu feige wäre, könnte Carlos geldgierige Zunft eine Menge an mir verdienen! Oder soll ich es doch einmal versuchen?
Ein weiterer Anruf riß sie aus ihren Gedanken. »Rechtsanwalt Dr. Levin«, flötete Tilly, die eine große Schwäche für L. L. und seinen Charme hatte. »Sind Sie für ihn zu sprechen?«

»Her mit ihm!«
»Das ist Gedankenübertragung, Louis, ich wollte dich in der Minute anrufen!«
»Kannst du mir mal sagen, weshalb wir bei diesem Wetter nicht in einem Ruderboot auf dem Starnberger See schaukeln? Oder in Ambach unter alten Kastanien bei gebratener Renke und Weißbier sitzen?« Sie hörte ihn durch die Leitung prusten.
»Weil wir als pflichtbewußte Organe der Rechtspflege das Wort ›hitzefrei‹ gar nicht in unserem Wortschatz haben!«
L. L. lachte. Dann wurde er wieder ernst.
»Hör mal, Sina, ist ja eine ganz schön verfahrene Sache, die du mir da aufs Auge gedrückt hast!«
»Nathalie Eschenborn?«
»Wieso kommt sie eigentlich erst jetzt damit an? Wo die Herrn bei der Staatsanwaltschaft schon auf höchsten Touren laufen?«
»War sie bei dir?«
»Ja, gestern. Und mit Engl, dem schönen, gestrengen Oberstaatsanwalt, hab' ich auch bereits telefoniert. Klang bedenklich, der Gute, und murmelte ein paar unfreundliche Dinge. Mal weitersehen, wenn ich Akteneinsicht genommen habe.«
»Was genau hat er gesagt?«
»Der Verdacht gegen Frau Eschenborn verdichte sich. Gestörtes Vater-Tochter-Verhältnis. Kein Alibi für die Tatzeit. Mangelhafter Leumund. Hast du eine Ahnung, was er damit meint?«
»Könnte sein«, sagte Sina. »Vorausgesetzt, man

hat nicht versucht, mich auf eine falsche Fährte zu locken.«
»So sibyllinisch?«
»Ich muß erst mal rausbekommen, was wirklich dahintersteckt. Welchen Eindruck hat sie denn auf dich gemacht?«
»Ich weiß nicht so recht. Attraktive Person, schnell im Kopf, aber irgendwie überschattet. Schwer zu sagen, was wirklich in ihr vorgeht.«
»Auf jeden Fall hat sie jetzt erst einmal ein paar Millionen geerbt. Mindestens zehn. Offen ist allerdings, ob und wann sie daran kommt. Denn es gibt ein herzallerliebstes Brüderchen, das mit der Lage der Dinge ganz und gar nicht einverstanden ist. Und für das Firmenvermögen hat Papa vorsichtshalber schon mal eine Familienstiftung gegründet.«
»Donnerwetter!« L. L. pfiff anerkennend durch die Zähne.
»Das Testament wurde ein paar Tage vor dem Mord zu ihren Gunsten geändert. Und läßt den Bruder bis auf den Pflichtteil leer ausgehen. Ganz merkwürdiger Typ, dieser Eschenborn, ziemlich hysterisch, und kann seine Schwester nicht ausstehen. Jedenfalls hat er vor dem Nachlaßgericht wüste Beschuldigungen gegen sie ausgestoßen.«
»Du meinst doch nicht etwa Wolf Eschenborn?«
»Doch, genau den. Eigentlich heißt er ja Dominik, aber ...«
»Dann kenn ich ihn! Das ist doch der mit dem Reisebüro, das vor ein paar Jahren mal ziemlich en vogue

in der schwulen Szene war. In letzter Zeit scheint das Geschäft nicht mehr zu laufen. Sonst gäbe es wohl nicht diese seltsamen Gerüchte über seine Aktivitäten.«

»Und die wären?«

»Na ja, offenbar macht er jetzt vorzugsweise Reisearrangements in tropische Gegenden, Thailand, die Philippinen und so weiter, ›Two tours‹, die intime Reise für den anspruchsvollen Herrn mit besonderen Vorlieben.«

»Sprichst du von Trips für Kinderschänder?«

»Was ich besonders an dir mag, Sina, ist deine erfrischende Direktheit! Ja, so könnte man es ausdrücken.«

»Sein Verhalten bei der Testamentseröffnung hat ihn nicht gerade in einem positiven Licht erscheinen lassen. Er ist entschlossen, sich zu holen, was immer er kriegen kann. Ich werde mal die Detektei Schimmelpfennig aktivieren, um Genaueres herauszubekommen. Kannst du dich umhören, was die Szene so flüstert?«

»Mach ich«, versprach er. »Oder willst du nicht lieber deine bewährte Schnüffelnase Carlo einsetzen? Der steht doch auf solche Aufträge und könnte, wenn er sich ein bißchen anstrengt, den Suggar Daddy mit Hang zu Frischfleisch sicherlich überzeugend mimen! Erst neulich hat er sich bei mir darüber beklagt, daß überhaupt nichts Spannendes mehr passiert. Ich rüste ihn mit allen notwendigen Informationen aus, und er legt los – was meinst du?«

Sina lachte. »Gute Idee! Ich frag' ihn mal, ob er Lust

dazu hat. Sag mal, Louis, kennst du Knud Hagen auch?«

»Den ausgemergelten Unsympath?« Das war eine der vernichtendsten Einschätzungen, die L. L. überhaupt von sich geben konnte. »Hagen war mal mein Gegner im Prozeß gegen einen schwulen Konkurstäter, dem jede Menge weiterer Straftaten untergejubelt werden sollten. Hat allerdings dank meiner Verteidigung nicht ganz so geklappt, wie er sich das wohl vorgestellt hatte. *Der* vertritt Eschenborn?«

»Das tut er! Ich hatte bereits heute morgen das Vergnügen, seinem ausgiebigen Vortrag über Erbunwürdigkeit im allgemeinen und besonderen zu lauschen.«

»Was wirst du weiter unternehmen?«

»Zunächst einmal Frau Eschenborn über ihr unerwartetes Glück informieren«, erwiderte Sina. »Ich geb dir Bescheid, wenn ich mehr weiß. Und von dir hör ich auch in Bälde, ja?«

»Ehrensache«, sagte L. L. »Vorausgesetzt, ich bin bis dahin nicht davongeschmolzen.«

Auch durch die geschlossene Tür war das hektische Scharren auf dem Flur nicht zu überhören. Stimmengewirr, schließlich setzte sich Tillys satter Alt durch. »Kind hin, Kind her ich kann es nicht mehr hören! Ist mir vollkommen egal, ob Raffi auf sein Eis warten muß! Heute jedenfalls bin ich an der Reihe, früher zu gehen! Punktum!«

Marina argumentierte temperamentvoll dagegen. Anke mußte ebenfalls ihren Senf dazugeben.

Stakkato. Crescendo. Wenn niemand beherzt eingriff, würden vermutlich binnen kurzem die Fetzen fliegen. Zum Glück konnte sie am Schreibtisch sitzen bleiben und ihre Gedankenfetzen ordnen. Sina hörte, wie Hanne dazukam, um im letzten Augenblick Frieden zwischen den Streithennen zu stiften.

Endlich zog Tilly Malorny lautstark ab; die anderen gingen an ihre Schreibtische zurück.

Im Sekretariat kehrte wieder göttliche Ruhe ein.

Sina drehte ihren Füller in der Hand und überlegte noch ein paar Minuten. Dann wählte sie die Nummer von Nathalie Eschenborns Agentur.

6

Restaurant Möwenpick, Dachterrasse. Wie nicht anders zu erwarten, bis zum allerletzten Stuhl besetzt. Wunderbarerweise hatte Nathalie Eschenborn einen freien Tisch ergattert, noch dazu in einer etwas ruhigeren Ecke. Sie winkte ihr zu, während Sina sich den Weg zu ihr bahnte.
Die Glocken der Frauenkirche schlugen halb neun, und München spielte seine südlichsten Trümpfe aus: braungebrannte Frauenbeine in hochhackigen Sandaletten. Goldene Kettchen auf starken Männerbrüsten. Sprudelnde Brunnen. Knatternde Motorräder. Kaum ein Lüftchen. Dafür dramatische Rotfärbung am Horizont. Die Sonne setzte sich vor dem Untergehen noch einmal richtig in Szene.
»Danke, daß Sie gleich kommen konnten! Und das an diesem Sommerabend, wo Sie vermutlich Lust auf ganz andersgeartete Aktivitäten hätten.«
Nathalie Eschenborns Lächeln geriet eine Spur zu bemüht. Sie war ungeschminkt und ungewöhnlich blaß, was sie jünger machte und zugleich schutzlos wirken ließ.
»Manches läßt sich am Telefon nicht gut besprechen. Außerdem wollte ich keine Minute länger in der Kanzlei bleiben. Was trinken Sie da? Wasser? Campari? Gute Idee, schließ ich mich gleich an!«

Die Bedienung war freundlich und professionell. Im Nu bekamen sie ihre Getränke und einen großen Berg skandinavischen Sommersalat, an dem sich die Damen am Nebentisch ebenfalls labten. Sina biß hungrig in das Knoblauchbrot und nahm ein paar Gabeln Grünzeug.

»Schießen Sie los!« bat Nathalie. »Seit Ihren Andeutungen vorhin bin ich ganz durcheinander.«

»Dazu haben Sie, wie es aussieht, auch allen Grund.« Sina beobachtete sie scharf, während sie weitersprach und von den Bestimmungen des Testaments berichtete. Sie wählte ihre Worte sorgfältig und war bemüht, sich streng auf die Fakten zu beschränken. Nathalies Gesicht spiegelte das Wechselbad ihrer Gefühle wider. Als Sina beim Punkt Familienstiftung angelangt war, wurde es noch fahler.

»Soll das heißen, mein Vater hat *mir* alles vererbt?« Sie biß sich auf die Lippen. Sie waren aufgesprungen und erinnerten Sina an die eines kleinen, ängstlichen Mädchens.

»Exakt. Allerdings müssen wir erst einmal feststellen, was es mit der besagten Stiftung auf sich hat. Wir sollten uns die Satzung so schnell wie möglich gemeinsam vornehmen.«

»Das kann ich Ihnen jetzt schon verraten.« Nathalies Augen wurden schmal. »Irgendeine Gemeinheit, ganz bewußt über das Grab hinaus inszeniert.« Sie runzelte die Stirn. »Und Dominik? Was ist mit dem?«

»Wie das Testament abgefaßt ist, erhält Ihr Bruder den

Pflichtteil, ein Viertel. So hat es der Gesetzgeber festgelegt.«
»Verstehe ich nicht!« Nathalie schüttelte den Kopf. »Nicki war doch sein ein und alles!«
»Das scheint Ihr Bruder auch angenommen zu haben«, erwiderte Sina ruhig. »Jedenfalls hat er auf die Eröffnungen des Richters nicht gerade gefaßt reagiert. Nicki ist sein Spitzname? Weshalb nennt er sich dann Wolf?«
»Ach das«, Nathalie winkte ab. »Sein alter Tick, ein anderer sein zu wollen. Irgendwann fing er damit an und hat sich immer weiter reingesteigert. Dominik enterbt – ich werd' verrückt! Er muß außer sich gewesen sein.«
»Das war er«, bekräftigte Sina. »Und er wird sich wehren. Sein Anwalt hat einen Antrag auf Erteilung des Erbscheins gestellt und wird im Namen seines Mandanten das Testament anfechten.«
»Im Klartext: Er bremst mich aus.«
»Das versucht er zumindest.« Sina dämpfte ihre Stimme. »Er behauptet, Sie seien erbunwürdig, da Sie, wie es im Gesetz heißt, ›den Erblasser vorsätzlich und widerrechtlich getötet hätten‹. Er posaunt herum, daß er Sie für die Mörderin Ihres Vaters hält. Letztlich klärt diese Frage das staatsanwaltliche Ermittlungsverfahren oder gar der Strafprozeß – und so lange wird das Nachlaßgericht seine Entscheidung wohl aussetzen.«
Zornige Röte überflutete Nathalies Gesicht. »Das darf doch nicht wahr sein! Dominik muß sein letztes biß-

chen Verstand verloren haben!« Sie war so erregt, daß sie Sina unter dem Tisch einen heftigen Stoß versetzte. »Tut mir leid, jetzt trete ich Sie auch noch!«
»Das ist leider noch nicht alles.« Sina war entschlossen, nicht lockerzulassen. »Er behauptet zudem, Sie verfügten über lukrative Nebeneinkünfte. Allerdings nicht ganz legal, weil sie aus Ihrer Arbeit als Domina stammen.«
Nathalies Unterlippe zuckte kurz, dann hatte sie sich wieder gefaßt. »Er haßt mich. Und er hat Angst vor mir. Wahrscheinlich eine Mischung aus beidem.«
Sina sah sie prüfend an.
»Er wirft mir vor, ich hätte ihn im Stich gelassen. Und dafür rächt er sich. Am liebsten würde er mich wahrscheinlich auslöschen. Dazu ist ihm jedes Mittel recht.« Sie starrte auf die Tischplatte. Der Salat stand unberührt vor ihr.
»Ist es wahr, was er behauptet?«
»Ich habe meinen Vater nicht umgebracht.« Die Stimme war nur ein heiseres Flüstern. »Obwohl ich es mir hundertmal vorgestellt habe, vielleicht sogar tausendmal. Sie können nicht ahnen, welcher Alptraum auf uns allen gelastet hat, niemand kann das! Er war ein Despot, der nur an sich gedacht hat und geglaubt hat, mit seinem verdammten Geld könne er sich alles kaufen: Glück, Menschenseelen, das ewige Leben, was weiß ich!« Sie rang nach Luft. »Der feine Herr Unternehmer und Senator hat meine Mutter in den Selbstmord getrieben, mich gedemütigt und meinen kleinen

Bruder zu einem aufgeblasenen Jammerlappen deformiert! Er war ein Ungeheuer in Menschengestalt. Er hat dieses Ende verdient.« Sie klang erschöpft. »Das ist die eine Seite der Wahrheit. Und die andere ist, daß ich niemals einen Menschen töten könnte. Nicht einmal ihn. Das müssen Sie mir glauben!«

»*Arbeiten* Sie als Domina?«

»Was geht Sie das an? Oder irgend jemanden?« Der leidende Ausdruck war verschwunden. Nathalies Augen waren grau und kalt. »Fällt das nicht ganz und gar in meine Privatsphäre?«

»Nicht, wenn Sie so gut wie unter Mordverdacht stehen. Dann gibt es nichts Privates mehr. Sondern nur noch ungeschminkte Ehrlichkeit zwischen Ihren Anwälten und Ihnen. Das gilt für uns beide, für mich und Louis Levin. Er haßt es mindestens so sehr wie ich zu verlieren.« Sinas Ton war unmißverständlich.

»So ernst ist es?«

»So ernst könnte es werden, ja. Wenn Sie von uns vertreten werden wollen, heißt das: umfassende Information. Wir müssen alles wissen, wobei natürlich Sie bestimmen, was wir davon nach außen verwenden. Nur so wird das Spiel gespielt, Frau Eschenborn, und nicht anders.« Kein Lächeln, um die Situation zu entschärfen. Jetzt kam es auf absolute Klarheit an. »Natürlich steht es Ihnen frei, sich anderswo juristischen Beistand zu suchen. Die Entscheidung liegt bei Ihnen, aber Sie sollten sie bald treffen.«

Nathalie schloß die Augen und schwieg. Plötzlich waren die Gesprächsfetzen und Essensgeräusche ringsumher unerträglich laut.

»Nun denn«, sagte sie schließlich rauh und sah Sina direkt an, »wenn es unbedingt sein muß. Ja, ich arbeite gelegentlich als Domina. Keine Ahnung, wie er das herausbekommen hat. Ich bin immer sehr vorsichtig gewesen.«

»In Ihrer Wohnung?«

»Wo denken Sie hin! Nein, in dem Apartment, das Sie mir damals zu mieten geholfen haben. Diese Selbstmörderburg, wo eine namenlose Tür neben der anderen ist, ist ideal dafür. Und ich empfange nur Stammgäste.«

»Wie lange schon?«

Nathalie Eschenborn zuckte die Achseln. »Ein paar Jahre. Lange genug jedenfalls, um gewisse grundsätzliche Erfahrungen über die Natur von Schmerz und Lust zu vertiefen.«

»Hassen Sie Männer?« fragte Sina.

»Hassen?« Ein kurzes, kehliges Lachen. »Diese Arbeit ist ein Spiel, das sehr viel mit dem Kopf zu tun hat. Meine Gefühle bleiben draußen.«

»Das war keine Antwort auf meine Frage.«

»Ich gebe ihnen, was sie brauchen. Sie bezahlen dafür – basta. Das ist alles. Sind Sie nun zufrieden? Aber was hat das mit dem Mord an meinem Vater zu tun?«

»Eine Domina als Verdächtige in einem Mordfall – das ist ein gefundenes Fressen für Oberstaatsanwalt Engl bei seiner Suche nach einem möglichen Motiv«, antwortete Sina. »Ihnen brauche ich doch nicht zu erklären, daß es in unserer Gesellschaft ganz unterschiedliche Normen für männliche und weibliche Sexualität gibt. Wenn ein Mann zu einer Hure geht, ist das vollkommen normal. Wenn eine Frau dagegen ...«

»... Männer demütigt und dafür Geld nimmt, pervers. Das wollten Sie doch sagen, oder?«

»Ich habe nur eine landläufige Meinung referiert, nicht meine eigene«, entgegnete Sina. »Dazu kommt das Problem mit Ihrem Alibi. Ist Ihnen mittlerweile jemand eingefallen, der Sie entlasten könnte?«

»Nein. Niemand«, stieß sie hervor. »Das habe ich aber alles schon Herrn Levin gesagt.«

»Aber da wußten wir noch nicht, daß Sie Universalerbin sind«, antwortete Sina. »Die Testamentsänderung, die Sie dazu gemacht hat, erfolgte erst am zwölften Mai, wenige Tage vor dem Mord. Was könnte Ihren Vater dazu bewogen haben? Irgendeine Idee?«

»Nicht die geringste! Ich habe ihn an Weihnachten zum letzten Mal gesehen, und auch da nur ein paar Stunden. Wie üblich gab es Streit. Ich hatte ihn zum x-ten Mal gebeten, mir Mamas Tagebücher auszuhändigen. Ich weiß genau, daß sie existieren; er hat es wieder vehement abgestritten. Schließlich bin ich einfach gegangen. Die Zeiten, in denen ich mir alles von ihm gefallen lassen mußte, sind zum Glück vorbei.«

»Und weiter?«

»Nicht sehr viel. Zwei, drei Telefonate, das letzte

vor vielleicht sechs Wochen. Den weihnachtlichen Eklat hat er natürlich mit keinem Wort mehr erwähnt. Hauptsache, die Fassade stimmte, und alles Störende war wie eh und je unter den Teppich gekehrt. Mein Vater hat es immer strikt abgelehnt, über ›schwierige Dinge‹, wie er es nannte, zu reden.«

»Nicht die geringste Andeutung?«

»Nein. Er hatte gerade eine Reise verschoben und war kurz angebunden, als ob er sich über irgend etwas ärgern würde. In der Agentur war die Hölle los, und ich hatte keine Lust, auch noch seinen Frust abzubekommen! Deshalb hab ich ihn schnell abgewürgt. Ich konnte ja nicht ahnen, daß ich seine Stimme zum letzten Mal hören würde.«

»Vielleicht fällt Ihnen plötzlich doch noch etwas ein. Wir Menschen sind Meister im Reagieren. Ich bin ganz sicher: Es *muß* etwas vorgefallen sein, was Ihren Vater dazu bewogen hat, sein Testament zu ändern.«

»Ich werde mein möglichstes tun.« Sie zog die Brauen hoch. »Wie geht's jetzt konkret weiter?«

»Wir greifen an«, sagte Sina, »ich in der Erbschaftssache, Louis im Mordfall, und vernetzen uns. Sie haben sich nicht umsonst zwei teure, dafür aber effektive Anwälte ausgesucht, die auf gute Ergebnisse geradezu fixiert sind. Vorausgesetzt natürlich, Sie sind mit von der Partie – zu den genannten Bedingungen. Sind Sie das?«

»Ja, das bin ich.«

Selbst auf die Gefahr hin, daß Taifun schmollen würde, fuhr Sina nicht direkt nach Hause. Zuviel ging ihr im Kopf rum; sie hatte Verlangen nach Carlos ruhiger, analytischer Art, die ihr helfen konnte, die verstreuten Teilchen zu einem stimmigen Puzzle zusammenzufügen.

Früher wäre auch Hannes Hexenhäuschen eine Alternative gewesen; so manchen Abend hatten sie philosophierend auf der Terrasse verbracht. Seitdem sie aber davon ausgehen konnte, daß Bill den Garten mit seiner lärmenden Gegenwart füllen würde, verkniff sie sich solche Anwandlungen.

Was mag nur der tiefere Grund sein, dachte Sina während der Parkplatzsuche, daß Spontaneität Dritter kaum noch möglich ist, wenn Menschen sich erst einmal im glücklichen Duo etabliert haben? Erst wenn die Fetzen fliegen, sind den meisten Paaren Freunde wieder richtig willkommen. Wahrscheinlich werden Carlo und ich den Lebensabend gemeinsam verbringen, zwei Singles, vom Leben gebeutelt, die bis zum Tod eine friedliche, platonische Freundschaft verbindet.

»Irgendwie hatte ich schon den ganzen Tag im Blut, daß ich dich heute noch sehen würde.«

Er empfing sie mit seinem strahlendsten Lächeln, mandelgefüllten Oliven und einer Flasche Orvieto. Windlichter brannten; im Hintergrund jubelte Rossini.

Sein Balkon war mit Grünzeug überwuchert und ging auf den Hohenzollernplatz hinaus. Seit dem

Tod seiner Frau vor zwölf Jahren lebte und arbeitete er in der großen Altbauwohnung im Herzen Schwabings. Keiner würde ihn lebendig jemals wieder aus diesem Viertel herausbekommen, wie er zu sagen pflegte.

Kurz nach zehn. Von unten hörte man Lachen und Sprechen. Autotüren schlugen. Zweiräder wurden angelassen. Die zahlreichen kleinen Lokale, die auf sommerlichen Gartenbetrieb umgestellt hatten, machten nur zögerlich zu. In Nächten wie dieser vermochte niemand einzusehen, warum ihn eine willkürliche Sperrstunde in verrauchte Kneipen oder stickige Wohnungen treiben sollte.

Sina erzählte zuerst von Wolf-Dominik und seinem Gewerbe. Zögerlich rückte sie schließlich mit ihrem Vorschlag heraus.

»Eine Päderastennummer – ich?« Carlo klang zunächst bedenklich.

»Ich kann gut verstehen, wenn du keine Lust dazu hast!«

Ihre Bemerkung schien die Abenteuerlust in ihm zu wecken. Seine Augen blitzten bereits.

»Etwas gewöhnungsbedürftig die Vorstellung, aber wenn wir dadurch wichtige Informationen bekommen ... und keine einfache Aufgabe, aber mit L. L.s Unterstützung ... Ich hol' mir gleich morgen die Tips von ihm.«

Anschließend gab Sina ihm eine Zusammenfassung von ihrem Gespräch mit Nathalie Eschenborn. Carlo hörte aufmerksam zu. Das war eine weitere der Eigenschaften, die sie neben seiner sprichwörtlichen Verschwiegenheit besonders an ihm mochte.

»Bringt eine Frau, die Männer verdrischt, auch Männer um?« sagte er schließlich und nahm ihr sehr sanft die Zigarette aus der Hand. »Das ist es doch, was du mich eigentlich fragen willst, oder?«

»Ja. Und zwar nicht irgendwelche. Sondern den eigenen Vater. Der sie, wie es aussieht, früher ordentlich geschunden hat. Was meint deine therapeutische Erfahrung dazu?«

»Das läßt sich so allgemein nur schwer sagen«, erwiderte Carlo. »Ich müßte die Frau sehen und mit ihr sprechen, um mir ein genaueres Bild machen zu können. Spontan aber würde ich sagen, was du bislang von ihr erzählt hast, klingt nicht nach dem Psychogramm einer Mörderin. Allerdings ist Irrtum natürlich niemals ausgeschlossen. Menschen sind ungeheuer vielschichtige Wesen. Da sind Überraschungen immer wieder möglich.«

»Rein gefühlsmäßig glaube ich es auch nicht. Obwohl ein ganz gehöriges Haßpotential in ihr schlummert«, sagte Sina. »Und ich hab' ihr auch noch geholfen, den Mietvertrag zu bekommen!«

»Wirst du jetzt moralisch?«

»Nein. Ich frage mich nur, was eine Frau wie sie dazu treibt. Und welche Art von Menschen zu ihrer Klientel gehören.«

»Ärzte, Rechtsanwälte, Maurer – wer immer dir einfällt! Es scheint, daß der Bedarf nach solchen Praktiken wächst. Vielleicht kommt es uns aber nur so vor, weil inzwischen etwas offener damit umgegangen wird. Auf jeden Fall sind sogenannte ›perverse Skripte‹ ein Kapitel für sich«, erwiderte er. »Und das, was sich so hochtrabend psychoanalytische Wissenschaft nennt, beginnt erst ganz allmählich, sich daran hinzutasten. Die ganze Zunft steckt in ihrem eigenen Moralkorsett. Das wird sie abstreifen müssen, wenn sie wirklich ein Stück auf diesem Sektor weiterkommen möchte.«

»Manchmal beneide ich dich um deinen Weitblick, Carlo«, sagte sie leise. »Vor allem aber um deine Toleranz. Für dich gibt es nichts, was es nicht gibt.«

»Toleranz nennst du das?« Carlo van Rees lachte herzhaft. »Lieber Gott, das bißchen, was ich manchmal leisten kann, ist hart erarbeitet, das kann ich dir sagen!« Er musterte sie eingehend. »Was ist los mit dir, Sina? Du bist schon die ganze Zeit bedrückt.«

»Müde bin ich«, sagte Sina, »fix und fertig. Aber das ist es nicht allein, hast schon recht, alte Spürnase! Irgend etwas an diesem Fall macht mich ganz krank. Und noch kränker macht mich, daß ich nicht die geringste Ahnung habe, was es sein könnte.«

»Schlechte Strahlungen? Miese *vibrations*?« Er grinste. »Das kommt vom Runterschlucken. Nein, ich meine nicht das halbe Glas Wein hier! Tu dich mit L. L. zusammen, und greift euch diese Nathalie! Geht sie offensiv an: Stellt ihr die Vertrauensfrage – und dann verlaß dich auf dein bewährtes Gefühl.« Seine Augen blitzten vergnügt. »Mein Gästebett kann ich dir ja doch wieder nicht schmackhaft genug machen?«

Sina zuckte die Achseln. »Du weißt ja …«
»… das Untier wartet! Wie schön, daß du nie um eine passende Ausrede verlegen bist!« Er küßte sie auf die Wangen und schob sie in Richtung Tür. »Und grüß Redford von mir, den alten Flüchter! Sag ihm, wenn er dich nicht endlich anständig liebt, wird er es mit mir zu tun bekommen!«

Friederike und Hanne waren auf dem Anrufbeantworter, Theo sogar zweimal. Der, auf den sie so inständig gewartet hatte, natürlich nicht.
Was trieb Redford eigentlich die ganze Zeit? Jagte er auch nachts Banden?
Aus einem plötzlichen Sehnsuchtsanfall heraus rief sie in seiner Kommandozentrale an. Es war kurz nach eins. Sina ließ das Telefon trotzdem unverschämt lange klingeln.
Keiner ging hin, weder sein Freund Winnie, der Ex-Journalist, noch er selbst. An östliches Nachtleben, das ihren Geliebten noch in seinen Fängen hatte, mochte sie nicht so recht glauben.
Redford auf Abwegen? Sie schob den Gedanken schnell wieder beiseite, aber ein leises Pieksen blieb doch zurück. Ob er Jenny und Kindsmutter Monika auch so hängenließ? Oder waren die besser darüber informiert, wo Papi sich seine Nächte um die Ohren schlug?
Sie haßte ihn beinahe in diesem Moment. Vor allem aber haßte sie sich.
Selber schuld! wisperte eine besserwisserische Stim-

me in ihr. War es wirklich nötig gewesen, bei ihrem letzten Telefonat wie eine Mimose zu reagieren, nur weil er ganz unschuldig seine Bereitschaft zum Zusammenleben signalisiert hatte?
Taifun strich schnurrend um ihre Beine.
Geliebtes Untier, dachte Sina, immerhin! Wenigstens einer, der es mit mir aushält.

7

Am furchtbarsten war der Schlangentraum. Das ganze Bett voll glitschiger, armdicker Dinger. Schwarze Leiber, gelbe Flecken. Glühende Augen und lange, gespaltene Zungen.
Nichts war sicher vor ihnen. Sie waren imstande, überall reinzukriechen. Und sie konnten sich unsichtbar machen. Zum Beispiel, wenn das Kind das Licht anknipste. Kaum aber war es wieder dunkel, begannen sie sofort von neuem zu züngeln. Trotzdem durfte das Kind nicht schreien.
Denn wenn es schrie, geschah das Schlimmste. Papa tauchte auf, um es auf den Schoß zu nehmen und zu trösten.

Das Kind war eigentlich schon viel zu groß, als er es immer öfter übernahm, es abends zu baden. Zunächst verstand es nicht genau, was vor sich ging. Aber das Kind lernte schnell.
Es spürte, wie Papa zu zittern begann, wenn er den eingeseiften Schwamm seinem Geschlecht näherte. Es sah, wie rot er dabei wurde.
»Du bist hübsch«, sagte er, und seine Stimme klang wieder hoch und blechern. »So unheimlich hübsch! Ein perfektes kleines Wesen. Makellos. Und wie gut du riechst, so frisch und sauber! Ich

muß dich immer anschauen. Wieso nur bist du so hübsch?«
Das Kind schämte sich dafür, daß es hübsch war. Es wünschte sich, häßlich zu sein.
Am liebsten von allem aber wäre es tot gewesen.

Eine ganze Weile hatte das Kind gedacht, Papa habe etwas Lebendiges in der Tasche verborgen. Ein Tier vielleicht, das wuchs und wuchs, wenn man es streichelte.
Manchmal stand er lange vor dem Bett, bevor er endlich das Licht ausmachte. Er rieb sein großes Ding, bis es rot und dick und häßlich aussah.
»Mach den Mund auf!«
Das Kind weinte.
»Mach ihn auf!«
Er zwängte ihm sein dickes Ding hinein. Das Kind würgte. Es erstickte fast. Es kniff die Augen zusammen.
Die Ohren konnte es sich nicht zuhalten. Es brauchte seine Hände, um nicht in den kalten, dunklen Weltraum zu fallen, unweigerlich für immer verloren.

Am Morgen danach. Papa fing das Kind auf der Treppe ab. Er fuhr unter den Pullover, unter das Hemdchen. Das Kind fühlte etwas Kaltes auf der Brust.
»Für dich«, sagte er mit seiner falschen Stimme. »Weil ich dich so fürchterlich lieb habe.«
Scheine lagen in den Schulbüchern, unter den Hemdchen, im Ranzen. Das Kind steckte sie weg oder gab

sie seinem Freund. Sie kauften sich Süßigkeiten davon. Der Freund verlangte mehr davon. Er beneidete das Kind.
»Mein Papa liebt mich nicht so«, sagte er manchmal traurig. »Ich möchte auch einen Papa, der mich so liebt wie deiner!«

Manchmal zog Papa auch schon die ersten Scheine heraus, wenn er abends das Kind berührte. Er legte ihm das Geld auf die bloße Haut, streichelte die Brustwarzen des Kindes. Dann den Bauch. Das Geschlecht.
»Du kannst alles von mir haben.« Jetzt flüsterte er nur noch. »Das weißt du doch. Alles!«
»Ich will das nicht!« flüsterte das Kind und drehte sich weg.
»Wieso nicht? Ich will dich doch nur ein bißchen verwöhnen! Das tun alle Väter mit ihren Kindern.«
Das Kind wußte, daß er log. Es war sich ganz sicher, auch wenn es nicht darüber sprach. Kein richtiger Vater tat so etwas mit seinem Kind.
Keiner.

8

Ständig mußte sie an den Geliebten denken. Beim Einschlafen. Beim Aufwachen. Selbst im größten Arbeitsstreß setzte es sich wieder durch, dieses dämliche »Redford-Redford-Redford«-Gedudel. Es war nicht zum Aushalten. Dieses ziehend-wunde Gefühl, das sich überall breitmachte, war unbarmherzig. Unverschämt. Und ganz und gar unübersichtlich.

Verdammt noch mal, das konnte doch gar nicht möglich sein, daß Redford ihr nach wenigen Tagen und Nächten derart fehlte!

Nach dem Duschen hockte Sina im Schneidersitz vor dem Telefon und starrte es an wie das Kaninchen die Schlange.

Läute! beschwor sie es stumm, aber eindringlich. Warum tust du mir nicht den klitzekleinen Gefallen und läutest endlich?

Dann gewann die Vernunft in ihr langsam wieder die Oberhand. Und der altbekannte Stolz meldete sich zurück. Sie stand auf und ging zurück ins Bad, Taifun ihr immer dicht auf den Fersen, als befürchte er einen heimlichen Ausbruchsversuch.

Nein, sie würde jetzt nicht anrufen, nicht nach dieser Nacht!

Sina hatte ausgesprochen schlecht geschlafen, böse geträumt und sah, wie sie nach eingehender Inspekti-

on vor dem Spiegel befand, grauenhaft aus. Von wegen Mandelaugen und exotisch inspirierte Backenknochen! Die häßliche Wahrheit an diesem sonnigen Morgen waren Tränensäcke, fiese, kleine Fältchen, die gestern garantiert noch nicht existiert hatten, und ein matter Teint, dem man den neuerlichen Griff zur Zigarette ansah.
Mit reichlich Make-up und einer extra dicken Schaumportion für die schwarze Mähne versuchte sie das Allerschlimmste in den Griff zu bekommen. Das Ergebnis war bestenfalls mäßig, wie Sina selbstkritisch feststellte. Was hatte Nathalie Eschenborn über aussterbende Märchenprinzen im allgemeinen und besonderen gesagt?
Ihrer trieb sich im wilden Osten herum und dachte nicht daran, seinen Schimmel wenigstens telefonisch vorbeigaloppieren zu lassen, um sie aus den rabenschwarzen Niederungen der Sehnsucht zu erlösen!
Nach zwei Tassen Kaffee und einem lustlos zerkrümelten Hörnchen fühlte sie sich gestärkt genug, um dem Tag die Stirn zu bieten. Sie zog ein knallgrünes Seidenkleid an, das maxilang, dafür jedoch hochgeschlitzt unter der Robe vorblitzen und die Herren Richter am Landgericht aus ihrer Lethargie schrecken würde, versorgte den Kater und fuhr los.
Der Fall, der heute morgen verhandelt werden sollte, hatte seine Haken und Ösen; für ein paar war die Mandantin verantwortlich, die anderen hatte Referendarin Lola Schall hineingebracht. Renate Russo, seit drei Monaten Kursteilnehmerin bei *Ladies Fists,* der

ersten deutschen Schule für weibliche Bodyguards, hatte nach einem Schlüsselbeinbruch die Nase voll von dem angestrebten Gewerbe und keine Lust, sich weitere zwanzig Monate in öden Disziplinen wie Karate, Taekwondo und Thaiboxen zu vervollkommnen. Was sie an Selbstverteidigung gelernt hatte, genügte für ihre Pläne; nun wollte sie nur noch raus aus den miefigen Turnhallen und den viel zu engen Unterrichtskammern, am liebsten Detektivin werden oder, wenn alle Stricke rissen, zurück in ihren alten Beruf als Tierpflegerin – und natürlich das teure Schulgeld von immerhin tausend Mark monatlich lieber heute als morgen nicht mehr bezahlen.
Allerdings hatte sie sich Zeit gelassen bei ihrem Entschluß, und zwar so reichlich, daß die Klageerwiderungsfrist abgelaufen war und Lola Schall in einer hektischen nächtlichen Aktion den Schriftsatz in aller Eile zusammenschustern mußte. Dabei war der sonst sorgfältigen Referendarin entgangen, daß die in den AGB vertraglich festgelegte Ausbildungsdauer von insgesamt vierundzwanzig Monaten ohnehin unwirksam war. Statt dessen hatte sie umständlich durchsichtige medizinische Ausreden vorgetragen, um zu begründen, daß die Ausbildung abgebrochen werden müsse.
Zum Glück war Renate Russo vor Gericht nicht persönlich anwesend. Der Anblick der braungebrannten Hünin mit dem durchtrainierten Körper hätte Lolas Argumente vermutlich noch unglaubwürdiger klingen lassen.

»Passen Sie gut auf«, sagte Sina halblaut zu Lola, die neben ihr auf der Bank saß und vor Zerknirschtheit nahe daran war, an den Fingernägeln zu kauen. »Jetzt kommt eine Wendung, die Sie aus Ihrem Studium kennen. Allerdings machen wir aus juristischer Theorie blutigen pekuniären Ernst.«
Wie nicht anders zu erwarten, unternahm der Richter alle Anstrengungen, um sie in den Vergleich zu hetzen. Sina, eine leidenschaftliche Spielerin, die immer gewinnen wollte und erst ans Verlieren dachte, wenn wirklich nichts mehr zu holen war, haßte Vergleiche aus tiefstem Herzen.
»Fünfzehntausend Mark«, sagte er ungehalten in ihre Richtung. »Falls Sie sich dem nicht anschließen können«, sein Blick bekam etwas Starres, »sehe ich mich gezwungen, Ihren Sachvortrag als verspätet zu betrachten.«
Sina blieb scheinbar unbeteiligt und verzichtete darauf, einen Antrag zu stellen. Dem gegnerischen Anwalt blieb nichts anders übrig, als ein Versäumnisurteil zu beantragen.
Alles kam so wie geplant.
»Flucht in die Säumnis«, murmelte sie hochbefriedigt, als sie neben Lola den Justizpalast verließ, »immer wieder ein ganz besonderes Vergnügen!«
Sommerlich gekleidete Passanten; ein leichtes Lüftchen, überraschenderweise eher blüten- als abgasschwer. Alle Stühle vor dem Eiscafé »Venezia« waren besetzt. Wäre nicht die weißblaue Straßenbahn gewesen, die, entgegen jedem visionären städteplaneri-

schen Gestaltungsvorschlag, wie eh und je am Justizpalast vorbeiratterte, man hätte München heute glatt für eine Stadt irgendwo in Italien halten können.
»Zwei Wochen Zeit, den Fall neu und diesmal um einiges besser aufzurollen«, fuhr sie fort. »Kümmern Sie sich darum, daß Frau Russo den Ausbildungsvertrag sofort schriftlich kündigt! Dann muß sie noch zwei, drei Monate Schulgeld bezahlen – und die Sache ist vom Tisch.«
»Tut mir leid, daß ich so gepatzt habe«, murmelte Lola. »Ich hoffe, das passiert mir nicht so schnell wieder!«
»Ging ja noch mal gut.«

L. L. empfing Sina zwei Stunden später in seinem Büro. Die neu eingebaute Klimaanlage funktionierte erstklassig; nach der mittäglichen Gluthitze draußen hatte man den Eindruck, in einer wohltemperierten Oase anzukommen. Stilvoll bot er Prosecco, frischgepreßten Orangensaft und Soda an.
Sina ließ den Blick über die Leinentapete und die beiden neuen Stiche gleiten.
»Bläst du jetzt eigentlich deinen ganzen Gewinn in die Büroausstattung? Du hast doch erst im letzten Herbst alles von Grund auf renovieren lassen!«
Louis Levin zog die Schultern bis zu den Ohren. »In meinem Alter wächst irgendwie das Bedürfnis nach einer gewissen Seriosität«, grinste er und sah trotz Speckrollen um die Hüften und gelichtetem Scheitel wie ein frecher Lauser aus. »Sozusagen als ganz natür-

licher Vorgang. Außerdem will ich mich hier so wohl wie möglich fühlen. In diesem Zimmer verbringe ich schließlich die meiste Zeit meines Lebens!«

Sina seufzte. »So gesehen hast du recht! Ich kenne diese halbherzigen Ansätze, die Arbeit einzudämmen. Und was passiert dann?«

»Du begegnest beispielsweise einem Kerl, der es mindestens ebenso verrückt treibt. Was macht Redford eigentlich? Alles in Ordnung mit euch?«

»Der fahndet zur Zeit in den neuen Bundesländern nach wildgewordenen Neonazis. Dabei könnte ich seine journalistische Spürnase im Fall Eschenborn ganz gut brauchen. Und damit sind wir auch schon bei unserem Problem. Denn Nathalie Eschenborn steht in der nächsten halben Stunde hier auf der Matte!«

L. L. verzog keine Miene, während Sina ihm von dem Nebenberuf seiner Mandantin berichtete, sondern machte sich ein paar Notizen.

»Gut zumindest, daß wir Bescheid wissen«, sagte er schließlich. »Denn natürlich wird Engl übel darauf herumreiten, kannste Gift darauf nehmen! Ich habe mir die Akte inzwischen zu Gemüte geführt. Bei dem Überfall ist eine Münzsammlung verschwunden, deren Wert niemand genau beziffern kann, und offensichtlich Bargeld in größerer Menge. Die Haushälterin, Frau Matas, sagt aus, er habe bis zu zehntausend Mark aufbewahrt. Hier, in diesem Geheimfach.« Er tippte auf ein Foto. »Problemlos zu öffnen. Vorausgesetzt, man sucht in der Bücherwand.«

»Gibt es noch einen anderen Tresor im Haus? Vielleicht versteckt und in der Eile übersehen?«
L. L. schüttelte den Kopf. »Die Beamten haben nichts gefunden. Vielleicht in der Firma?«
»Da werden wir uns gründlich umschauen, Nathalie Eschenborn und ich«, sagte Sina. »Fehlt sonst noch was?«
»Das ist es ja, was ich so seltsam finde! Das Haus ist ein halbes Museum, voller kostbarer Bilder, Skulpturen, Porzellan und schwerer Silbersachen. Und alles unberührt!«
»Vielleicht wurde der Täter überrascht, bevor er mehr einsacken konnte. Was ist übrigens mit der Explosion?«
»In den Bildschirm wurde geschossen, und zwar bei laufendem Programm. Aber warum? Außerdem war das Videogerät eingeschaltet. Aber es gibt keine Spur von irgendwelchen Kassetten. Hast du dafür eine Erklärung?«
Sina zuckte die Achseln.
»Es brannte. Das Wasser aus der Sprinkleranlage verwandelte alles in Brei, der jede Untersuchung so schwierig macht.«
»Keine Spuren?«
»Nicht der Rede wert! Weder im Garten noch im Haus. Die Staatsanwaltschaft ermittelt gegen Nathalie Eschenborn, weil sie keinen anderen Verdächtigen aufzuweisen hat. Aber sie haben faktisch nichts gegen sie in der Hand – abgesehen von ihrem fehlenden Alibi zur Tatzeit.«

»Und der Bruder?« fragte Sina. »Was ist mit Wolf-Dominik?«
»Zwei Zeugen haben ihn zur Tatzeit in einem Billardsalon gesehen. Damit ist er aus dem Schneider.«
»War sie's?« fragte Sina. »Was glaubst du?«
»Ich glaube nicht. Aber wir werden sie ordentlich in die Zange nehmen müssen, wenn wir weiterkommen wollen.«

Ein hartes Stück Arbeit. Nathalie Eschenborn, kämpferisches Amazonentum im Blick, war nicht bereit, auch nur einen Zentimeter nachzugeben. Sooft Sina oder L. L. auf den Tatabend zurückkamen, sie blieb dabei. Es gab keinen Zeugen, sie hatte kein Alibi.
»Schade«, sagte Louis schließlich, »aber so kann ich nicht arbeiten.« Er stand auf, streckte sich so herzhaft, daß sein braunes Leinensakko ächzte, und ging zum Fenster. Seine gesamte Aufmerksamkeit schien den Autoschlangen zu gelten, die sich über den Maximiliansplatz quälten.
Die beiden Frauen sahen nur seinen gut gepolsterten Rücken.
»Ich möchte Ihnen einen freundschaftlichen Rat geben, Frau Eschenborn. Suchen Sie sich lieber einen anderen Rechtsbeistand, dem Sie mehr Vertrauen schenken! Ich hasse es nun mal, mitten im Prozeß mit Enthüllungen konfrontiert zu werden, die meine ganze Verteidigung ins Wanken bringen.« Der Ton war kühl; sein Gesicht blieb abgewandt.
»Sie meinen, ich müßte tatsächlich mit einer Mordan-

klage rechnen?« Jetzt klang Nathalies Stimme nicht mehr so beherrscht.

»Ihr Bruder wird seine Ansichten über Ihre Täterschaft mit Sicherheit dem Staatsanwalt vortragen«, sprang Sina bei. »Wenn er es nicht schon längst getan hat. Wollen Sie es ihm wirklich so einfach machen?«

Nathalie blieb stumm. Sie schloß die Augen und schien in sich hineinzuhorchen. Als sie sie wieder aufschlug, waren sie dunkel vor Zorn oder Schmerz.

»Also gut, auch wenn es nichts nützen wird«, sagte sie gequält. »Sie haben gewonnen! Ich war nicht in der Agentur, sondern mit einem Stammkunden in meinem Kabinett. Er hat mich kurz nach dreiundzwanzig Uhr verlassen.«

»Da war laut Obduktionsbericht Ludwig Eschenborn schon zwei Stunden tot«, sagte L. L. »Das ist Ihr Alibi – wow! Warum kommen Sie erst jetzt damit raus? Und weshalb in aller Welt sollte es nichts nützen?«

»Weshalb?« Jetzt sprach sie plötzlich viel lauter. »Nun, weil mein Stammkunde ein Bulle von Rang ist! Sie glauben doch nicht im Ernst, daß ein Kriminaldirektor wahrheitsgemäß zu Protokoll geben würde, wo er sich aufgehalten hat!«

»Eine derartige Aussage könnte sehr vertraulich behandelt werden«, sagte L. L. »Nur für die Akten. Ich kenne eine Reihe ähnlicher Fälle, wo nichts nach außen gedrungen ist.«

»Natürlich kennt er mich nicht. Er hat mich nie gesehen. Machen wir uns nichts vor: Das ist exakt das, was

er aussagen wird.« Ihr Lächeln wirkte müde. »Damit sind wir genauso weit wie vorher. Verstehen Sie nun, weshalb ich meinen Mund gehalten habe?«
L. L. hatte wieder am Tisch Platz genommen. Sein Blick schien in weite Fernen zu gleiten. Sein Gesichtsausdruck bekam etwas Versonnenes.
»Ein Stammgast, sagen Sie? Nun, im Lauf einer so langen und, wie ich Ihren Andeutungen entnehmen darf, sehr intensiven Beziehung kommt es in der Regel zu gewissen Dokumenten ...«
»Vielleicht ein paar freundliche Billetts? Mein Gott, sind Sie niedlich!«
»... beispielsweise Fotos, Videoaufnahmen oder ähnliches. Als Ihr Anwalt muß ich Sie ausdrücklich davor warnen, den Mann mit solchem Material unter Druck zu setzen. Allerdings könnte es wahrscheinlich nichts schaden, bei einem künftigen Beisammensein dessen Existenz ganz beiläufig zu erwähnen. Beispielsweise, wenn Sie ihm vorschlagen, Ihr Alibi zur Tatzeit zu bezeugen. Wir verstehen uns?«
»Ich glaube, ja.« Jetzt waren Nathalies Augen übergroß und glänzend.
»Damit könnte die erste Schlacht erfolgreich geschlagen werden.« Auch Sinas Augen hatten wieder etwas an Leuchtkraft gewonnen.

Kein Kater weit und breit, aber der würde schon wiederkommen. Dafür blinkte das rote Lämpchen des Anrufbeantworters.
Redfords Stimme klang warm und irgendwie besorgt.

Ihr Herz setzte einen winzigen Augenblick aus und fing dann an, unverhältnismäßig schnell zu schlagen.
»Hallo, Liebchen, ich weiß, daß du das Wort nicht leiden kannst, aber manchmal muß es trotzdem sein! Ich hoffe, es geht dir gut und du hältst die Ohren steif! Ich bin schwer zu erreichen – du allerdings auch –, weil ich, wenn die Anzeichen nicht trügen, einer ganz heißen Sache auf der Spur bin. Also, Sina, zwei, drei Tage Geduld, dann melde ich mich wieder aus der Pampa! Grüße an das Untier und überhaupt!«
Sie blieb einen Augenblick vor dem Anrufbeantworter stehen, so starr, daß Taifun besorgt herbeigerannt kam und sich an ihren Beinen rieb.
Das Telefon klingelte. Sina zuckte elektrisiert zusammen und hob ab.
»Ich bin's, mein Engel«, sagte Carlo von Rees, »dein Undercoveragent. Mit ersten Ergebnissen könnte, wenn alles gutgeht, übermorgen zu rechnen sein. Am liebsten aber würde ich dir Definitives liefern. Wie steht's um deine Geduld?«
»Miserabel«, sagte Sina. »Das weißt du doch.«
»Okay, okay, ich spute mich. Hast du übermorgen schon was vor?«
»Nein. Nichts, was dir den Rang streitig machen könnte.«
»Gut.« Sein Ton klang befriedigt. »Dann halte dich also bitte bereit. Sagen wir, ab zwanzig Uhr? Du wirst Augen machen, das verspreche ich dir.«

9

Diesmal hatte T. V. Teufel es nicht beim Anrufen belassen. Gegen Mittag kreuzte er in der Kanzlei auf und war durch nichts wieder zum Gehen zu bewegen.
»Ich will zu meiner Tochter!« beharrte er. »Auf der Stelle! Lassen Sie mich durch!«
Trotz der Hitze fein herausstaffiert, trug er zum hellen Leinenanzug zweifarbige Schuhe und drehte nervös einen sommerlichen Strohhut in den Händen hin und her. Fehlte nur noch das Stöckchen und ein kleines Menjoubärtchen, und er wäre glatt als eleganter Sommerfrischler der zwanziger Jahre durchgegangen.
»Ihre Tochter ist in einer Besprechung. Und anschließend hat sie Termine außer Haus.« Marina König verfiel in den strengen Ton, den sie sonst nur anschlug, wenn von Raffi grober Unfug drohte. »Sie sollten unbedingt vorher anrufen! Versuchen Sie es doch noch einmal am späten Nachmittag, so gegen fünf. Dann kann ich Ihnen sagen, wann Sie sie erwischen.«
Sie blieb höflich, aber ihr Lächeln war schon ziemlich bemüht. Das Sekretariat war schlecht besetzt; Tilly Malorny fehlte wegen eines entzündeten Weisheitszahns, und Anke war seit letzter Woche so gut wie nicht mehr ansprechbar. Sie hockte an ihrem mit

Heften und Schulbüchern übersäten Schreibtisch, fuhr in unregelmäßigen Abständen hoch und raufte sich die schwarzen Haare. Dabei rauchte sie unmäßig oder stopfte sich Fruchtschnitten in den Mund, angeblich, um die Denkleistung zu aktivieren.
Zum Glück hatte Arno Rebell seine Klausur sausenlassen und war für den Telefondienst eingesprungen. Er beobachtete die genervte Sekretärin und den aufgebrachten älteren Herrn mit vergnügtem Grinsen.
»Meinen Sie vielleicht, ich lasse mich von Ihnen zum Narren halten?« Theo tänzelte unruhig hin und her. »Sie sind doch die impertinente Person, die mich seit Tagen nicht zu Gesine durchstellt!«
»Wenn Sie dieser Ansicht sind, weshalb rufen Sie sie dann nicht einfach zu Hause an?«
»Das habe ich ja! Wiederholt! Aber sie ruft einfach nicht zurück!«
»Und was schließen Sie daraus?« erwiderte Marina spitz.
Anke schien plötzlich jedes Interesse an ihrem Sozialkundeskript verloren zu haben. Generationskonflikte interessierten sie brennend, auch wenn die »Eltern« das Pensionsalter bereits erreicht hatten und das »Kind« stramm auf die Vierzig zuging.
»Jetzt aber Schluß! Wie soll man denn einen vernünftigen Gedanken fassen, wenn hier so herumkrakeelt wird?«
»Da bist du ja, Gesine!« Hilfesuchend streckte er seine Arme nach ihr aus. »Nur ein paar Minütchen, ja? Es ist sehr, sehr wichtig!«

»Fünf«, sagte Sina. »Und ich meine es genau so, wie ich es sage.«
Sie schob ihn in ihr Büro und schloß die Tür. Er nahm am Besuchertischchen Platz. Sina merkte seine neugierig-verstohlenen Blicke und blieb stehen. Sollte er nur sehen, wie sehr sie unter Strom stand!
»Also? Wozu dieser ganze Aufruhr? Du scheinst vergessen zu haben, daß wir hier in einer Kanzlei sind und nicht an einem Badestrand!«
»Ich hab' dir so oft auf den Anrufbeantworter gesprochen«, sagte er vorwurfsvoll. »Nicht ein einziges Mal hast du zurückgerufen.«
Sein gekränkter Gesichtsausdruck war kaum zu ertragen. Sina fühlte, wie ihre Handflächen feucht wurden. So hatte er immer dreingeschaut, wenn er ihre Mutter zu etwas bewegen wollte, was sie partout nicht mochte.
»Ich hab dich um ein bißchen Zeit gebeten«, sagte sie schließlich. »Ist das zuviel verlangt?«
»Aber Melissa kommt doch! Sie will dich unbedingt kennenlernen!«
»Und wann?«
»Übermorgen. Um ihr Hochzeitskleid in München zu kaufen. Bei einem Couturier.« Er schloß genießerisch die Augen. »Weil sie am glücklichsten Tag ihres Lebens auch die schönste aller Bräute sein möchte, sagte sie.«
»Ich muß los, Theo, wirklich!«
Widerwillig stand er auf. »Nicht sehr schön, wie du mit mir umgehst, Gesine!« Sein Mund zitterte verrä-

terisch. »Kannst du nicht einfach vergessen, was früher einmal war?«
»Und mit einem Schlag auf heile Familie machen?« Sina schüttelte den Kopf. »Das klappt nicht, tut mir leid! Und schon gar nicht, wenn du mich so unter Druck setzt.«
»Du willst Melissa also nicht sehen?« Diesmal wirkte seine vorwurfsvolle Miene echt.
Sina stutzte. Und wußte plötzlich, was anders an ihm war. Die Ohren! Irgendwo hatte sie gelesen, daß sie im Alter weiterwuchsen. Theo war der schlagende Beweis, daß diese Behauptung stimmte. Rot waren sie und fleischig und kamen ihr viel, viel größer vor als in der Erinnerung.
»Das weiß ich noch nicht«, erwiderte Sina und versuchte krampfhaft, nicht auf seine Ohren zu starren. »Ich denke darüber nach und gebe dir morgen Bescheid. Hotel ›König Ludwig‹, wie üblich?«
Er nickte. »Zimmer vierzehn, erster Stock. Für zwei Leute nicht gerade viel Platz. Harte Betten, und dann der Lärm, wenn man ein Fenster öffnet! Aber was soll ich machen ...« Er hüstelte verhalten. »Meine finanziellen Verhältnisse ... nun ja ... wie soll ich sagen ... sind momentan leider nicht gerade überragend ...«
»Du erwartest mit anderen Worten, daß ich euch bei mir einquartiere, interpretiere ich dich da richtig?«
Er verzog keine Miene. Aber seine Gestik wurde noch eine winzige Spur demütiger.
Sie ging zum Schreibtisch, holte Terminplaner, Handtasche und Aktenkoffer.

»Daraus wird nichts, das wirst du wohl einsehen. Aber ich habe einen Vorschlag zur Güte«, sagte sie, während sie mit ihm das Büro verließ. »Wenn du wirklich an einer Entspannung unseres Verhältnisses interessiert bist, dann hör endlich mit diesem penetranten ›Gesine‹ auf! Ich heiße seit Jahren Sina, Vater, *Sina!* Meinst du, du kommst damit klar?«

Für die kurze Strecke Innenstadt – Frankfurter Ring brauchten sie beinahe eine Stunde. Auf der Leopoldstraße hatte es einen bösen Unfall mit mehreren Verletzten gegeben; gaffende Verkehrsteilnehmer, die das Durchkommen der Rettungswagen behinderten, und ein kilometerlanger Stau waren die Folgen. Unter dem drückenden, graublauen Himmel erhitzten sich die Gemüter. Manch einer hinter seinem Steuer machte den Eindruck, als würde er im nächsten Augenblick explodieren.

»So ähnlich sieht es hier fast jeden zweiten Tag aus«, sagte Nathalie Eschenborn. Sie zog eine Tüte Eisbonbons aus der Tasche und bot sie Sina an. »Seitdem sie die Fahrspuren so blödsinnig verengt haben, kracht es ununterbrochen. Und selbst ohne Unfall gibt es so gut wie keine Tageszeit mehr, wo freies Fahren möglich ist.«

Sina schaute stirnrunzelnd auf die Uhr.

»Zu spät kommen wir auf alle Fälle. Und Luft nach hinten ist auch kaum, weil ich gleich anschließend zum nächsten Termin muß. Ich werde Sie in der Firma bald allein lassen. Schlimm?«

»Kein Problem! Ich schnüffle in aller Ruhe herum und mache mich wichtig. Ist ohnehin das erste Mal für mich. Ich durfte die neuen Büroräume nämlich nie betreten, eine Art Strafe, wie ich annehme. Nachdem ich die Betriebswirtschaft habe sausenlassen, um Germanistik und Kunstgeschichte zu studieren, war in den Augen meines Vaters das Thema Fabrik für mich gegessen. ›Wer nicht will, der hat schon‹, war einer seiner Lieblingssprüche.« Ihr Lachen klang gepreßt. »Na ja, war sicher hart für ihn, aber immerhin war ich ja nur die Tochter. Damals hoffte er noch, der Sohn würde eine achtbare akademische Karriere einschlagen. Und einzig darauf kam es ja wirklich an.«

»Und? Hat er?«

»Natürlich nicht. Abi noch gerade gebaut, allerdings auf ich-weiß-nicht-wie-vielen Privatpennen. Und selbst das hätte ohne die mehr als großzügige Stiftermentalität meines Vaters kaum geklappt. Danach war der Ofen aus. Wieso sich denn groß anstrengen, lautete seine Devise, wo doch mehr als genug da ist? Mein geiziger Vater hat sich furchtbar darüber aufgeregt. Aber ihn dennoch weiter und weiter finanziert, so, als brächte er es aus irgendeinem ominösen Grund nicht über sich, es ihm zu verweigern. Muß ihn eine Stange Geld gekostet haben! Denn wie man im großen Stil ausgibt, das hatte Nicki schon sehr früh raus.«

»Hat Ihr Bruder sein Reisebüro gleich eröffnet?«

»Nein, nein, das ist erst ein paar Jahre her und war so ziemlich sein allerletzter Versuch. Davor war er an einer Kneipe beteiligt, später einem Fotostudio, wenn ich mich recht entsinne, irgendwann Leiter einer Hundepension und so manches mehr. Immer dubiose Partner und alles Pleiten. Und noch davor hat er studiert; ich könnte wetten, daß der die Uni keine zehn Mal betreten hat. Statt dessen ist er durch die Welt gegondelt, Indien, Sri Lanka, Thailand, die Philippinen, Südsee, überall, wo es so exotisch wie möglich ist. Manchmal glaube ich, mental ist er niemals wieder ganz aus jenen paradiesischen Gefilden zurückgekehrt.«

Sina kamen zuerst die weißen Handschuhe und das überschüssige Fett in den Sinn. Erst dann das hübsche Männergesicht mit dem verdrossenen Ausdruck.

»Stört es Sie eigentlich, daß er Männer liebt?« fragte sie.

Sie waren tatsächlich am Ziel angelangt. Auf dem halbleeren Kundenparkplatz entdeckte Sina sogar eine schattige Stelle. Nathalie zog sich vor dem Aussteigen noch die Lippen nach. Ihre Hand zitterte leicht. Offensichtlich war sie nervöser, als es nach außen den Anschein hatte.

»Dominik liebt keine Männer«, sagte sie bestimmt und packte den Lippenstift wieder ein. »Er hat sexuellen Verkehr mit Männern, das ja. Aber er liebt sie nicht. Er liebt ja nicht einmal sich selbst.«

Nüchterne Bürosachlichkeit, zweckmäßig, modern und einen Hauch unterkühlt. Nicht unfreundlich gemacht, aber Kleinigkeiten verrieten, daß an allen Ecken und Enden wohldurchdacht gespart worden war, an den Stühlen, die sicherlich die DIN-Normen erfüllten, aber in fadem Grün gepolstert waren, oder dem Teppichboden, dessen zu hohe Kunstfaserbeimischung fiese Schläge austeilte. Beige Einheitsschreibtische, keine Blumen, kaum Bilder an den hellen Wänden. Einzig die große Glasvitrine im Erdgeschoß war ein bißchen luxuriöser ausgefallen und stellte Produkte der *Eschenborner Papiermühlen* aus.

Selbst das dritte Stockwerk, in dem die Geschäftsleitung untergebracht war, wirkte bescheiden. Hier waren die Türen schwarz, der Boden grau, und ein paar verstreute Hydropflanzen bemühten sich redlich, Atmosphäre zu verbreiten.

Hans-Georg Betz empfing sie im Büro des Senators. Blasses Gesicht, schwere Lider. Die Nase war lang und stumpf, die Backen strebten abwärts. Er hätte jedes beliebige Alter jenseits der Vierzig haben können. Sina schätzte ihn auf Mitte Fünfzig.

»Ich freue mich, Sie zu sehen, Frau Eschenborn.« Ein formvollendeter Diener. Die ganze Haltung strahlte dezente Servilität aus. »Selbst wenn der Anlaß denkbar traurig ist. Ihr Herr Vater war ein beherzter, mutiger Unternehmer. Und ein wunderbarer Chef.«

»Ich danke Ihnen. Darf ich vorstellen? Das ist meine Anwältin, Frau Dr. Teufel.«

Die zweite Verbeugung fiel eine Spur zurückhaltender aus. Betz war schlank und leicht gebeugt, sein Haar beinahe so grau wie der Ton seines Anzugs. Natürlich Krawatte, dazu festes, schwarzes Schuhwerk. Wie er es angesichts schwüler fünfunddreißig Grad im Schat-

ten schaffte, zugeknöpft und untadelig zu wirken, blieb sein persönliches Geheimnis.
Ein Mann, der fein zu unterscheiden gelernt hat, dachte Sina. Wahrscheinlich war der alte Eschenborn ein perfekter Lehrmeister.
»Ich habe für die Damen schon alles vorbereitet.«
Er deutete auf die Besucherecke, die mit ihren orangefarbenen Schalensesseln und der japanisch inspirierten Korblampe eindeutig aus den siebziger Jahren stammte. Auf dem ovalen Tisch lagen zwei abgezirkelte Häufchen Papiere; davor standen kleine Saft- und Wasserflaschen sowie ein Teller mit ein paar Keksen.
»Wahrscheinlich werden Sie zuerst einen Blick in die Satzung werfen wollen. Anschließend stehe ich Ihnen natürlich für eine Führung durch das Haus zur Verfügung.« Jetzt glänzten Schweißperlen auf seiner Oberlippe. Ein Taschentuch tupfte sie behende hinweg. »Für eine Werksbesichtigung müßten wir aber bitte einen gesonderten Termin vereinbaren. Verfügen Sie ruhig über mich, Frau Eschenborn. Ich bin allzeit bereit!«
Die graue Eminenz, wie Sina ihn spontan betitelt hatte, verschwand ins Nebenzimmer und zog die Tür hinter sich zu.
Die beiden Frauen vertieften sich in die Unterlagen. Wieder fiel Sina der ungute Ton auf, der hinter den steifen Formulierungen schwang. Man konnte förmlich spüren, wie schwer es dem Verfasser gefallen war, diese Bestimmungen niederzuschreiben.
»... habe ich mich nach eingehenden Überlegungen

dazu entschlossen, eine Familienstiftung zu gründen, um meinen direkten Nachkommen und deren Abkömmlingen ein gesichertes Einkommen zu verschaffen, dies allerdings nur im Rahmen und soweit es der Firmenertrag zum jeweiligen Stand ermöglicht …«
Sie sah auf. Nathalie ebenfalls. Ihre Blicke trafen sich.
»Datiert auf den ersten Juni letzten Jahres«, sagte Sina. »Da hatte er noch nicht vor, Sie zur Alleinerbin einzusetzen.« Sie las halblaut weiter.
»… Sollte es jedoch wider Erwarten keine Abkömmlinge meiner Tochter Nathalie Veronika Christine beziehungsweise meines Sohnes Dominik Matthias geben, wird die Familienstiftung mit dem Tod des letzten Nachkommen in eine gemeinnützige Stiftung umgewandelt. Dann soll sie den Namen ›Kinder in Not‹ tragen und ausschließlich zur Unterstützung mißhandelter Kinder in der Dritten Welt verwendet werden. Einzelheiten dazu sind in Paragraph 16 der Satzung festgehalten.«
»Ich krieg' die Motten!« Nathalie nahm ihre Lesebrille ab. »Ludwig Eschenborn als Wohltäter – ist ja ganz was Neues!« Dann verschwand ihr Lächeln wieder. »Der alte geblieben ist er trotzdem. Daß Dominik schwul ist, kann selbst ihm nicht entgangen sein. ›Abkömmlinge‹ spielen auf den Enkel an, den ich ihm, zumindest in seinen Augen, hartnäckig verweigert habe. Denn das wäre, nach Ansicht meines Vaters, meine wirkliche Aufgabe gewesen. Wozu sind denn Frauen sonst da? Aber sagen Sie selbst: Welcher Mann würde es schon auf Dauer mit mir aushalten?«

»So ähnlich würde sich mein Erzeuger vermutlich auch ausdrücken, wenn man ihm die Chance dazu gäbe!« Sina überflog den Text. »Hier unten wird es interessant. Ein neu formulierter Passus, gerade ein paar Tage älter als das Testament, das wir beide kennen. Er bestimmt Sie als Vorsitzende der Familienstiftung und setzt Ihnen dafür ein monatliches Salär aus, das von der Höhe des Gewinns abhängig ist.«

»Da hatte er seine Meinung offenbar bereits geändert«, sagte Nathalie.

»Und wenn wir auch noch wüßten, weshalb, wären wir vermutlich ein ganzes Stück weiter.«

»Kommen die Damen zurecht?« Betz schob seine lange Nase durch den Türspalt. »Ich will nicht drängen, verehrte Frau Eschenborn, aber wenn Sie ungestört eine Inspektion der Büroräume vornehmen wollen ... Um es kurz zu machen: Ab sechzehn Uhr ist eine Feueralarmprobe angesetzt. Und dann gibt es erfahrungsgemäß einigen Tumult. Wenn Sie das freundlicherweise in Ihrer Zeitplanung bedenken wollen?«

»Danke. Wir kommen auf Sie zu.« Nathalies Ton war leicht gereizt.

Betz verstand sofort und verschwand wieder.

»Mir brummt vielleicht der Schädel!« Nathalie Eschenborn zog in gespielter Verzweiflung die Brauen hoch. »Jetzt rächt sich mein betriebswirtschaftliches Desinteresse! Vorsitzende der Stiftung – heißt das etwa, ich muß meinen Job aufgeben und täglich hier in diesem Mief arbeiten? Wenn weiterhin alles Geld festgelegt ist, wie soll ich dann Nicki auszahlen? Die

Immobilien verkaufen? Oder Wertpapiere? Menschenskinder – ich muß erst einmal einen klaren Kopf bekommen und alles in Ruhe mit Ihnen und Frau Bromberger besprechen.«
»Das sollten Sie! Und ich werde diese Papiere gründlich durchgehen. Lassen Sie sich am besten von Betz die Geschäftsberichte der letzten beiden Jahre geben. Interessant wären auch Informationen über das Werk und vor allem ein aktuelles Organigramm. Wer hat eigentlich nach dem Tod Ihres Vaters die Geschäftsführung übernommen?«
»Das Tagesgeschäft läuft wie bisher. Reibungslos.« Da war er schon wieder, Mr. Unsichtbar, der offenbar selbst durch geschlossene Türen hören konnte. »Allerdings stehen Entscheidungen an.« Er senkte seine Stimme. »Es geht um ein paar wichtige Investitionen. Und die Zeit drängt. Ich schlage vor, eine Sitzung mit allen Entscheidungsträgern hier im Hause einzuberufen, den Abteilungsleitern, Marketing, Controlling und so weiter, und das recht bald.«
Er hielt inne. Im letzten Moment fiel es ihm noch ein. »Und natürlich mit Ihnen, Frau Eschenborn.«
Das kam bemüht, aber deutlich zu spät. Du gehörst auch zu der Sorte von Männern, dachte Sina, die an weiblichen Führungskräften keine echte Freude haben können. Wahrscheinlich hat der alte Patriarch bei deiner Berufssozialisation ganze Arbeit geleistet. Aber du wirst dich daran gewöhnen müssen – hier wie anderswo!
»Einverstanden. Bitte leiten Sie alles dazu Nötige in

die Wege.« Nathalie war aufgestanden. »Bringen wir den Rundgang hinter uns, bevor die Sirenen losheulen.« Sie wandte sich an Sina. »Wenn Sie los müssen – ich denke, ich komme erst einmal allein klar.«
»Gut.« Sina verstaute die Unterlagen in ihrer Aktentasche. »Ach, bitte noch einen Augenblick!«
Betz, der schon eifrig in Richtung Tür gestrebt war, blieb stehen.
»Was mich noch interessieren würde: Gibt es in den Büros hier Tresore?«
»Natürlich! Einen Firmentresor und einen, den der Herr Senator für eher private Geschäftsvorgänge verwendet hat. Er hielt nichts davon, derartiges bei sich zu Hause aufzubewahren.« Sein Gesicht wirkte auf einmal noch teigiger. »Aber was hat ihm diese Vorsicht genützt? Überhaupt nichts!«
»Wer hat den Schlüssel dazu?« Sina blieb hart am Ball.
»Ich«, erwiderte Benz bescheiden. »Zwei sind nötig, um ihn zu öffnen. Der andere ist im Besitz des verstorbenen Herrn Senator.«
Nathalie zog einen großen Schlüsselbund aus ihrer Handtasche. »Ich war gestern im Haus, ein paar Dinge regeln«, sagte sie. »Dabei hab ich das hier gefunden. Vielleicht haben wir ja Glück.«
»Ja, das ist er!« Hans-Georg Betz tippte auf einen flachen, bläulichen Schlüssel. »Dieser paßt zu meinem Gegenstück.«
Er führte sie den Flur entlang zu einem fensterlosen Raum, der als Abstellkammer genutzt wurde. Ein aus-

rangierter Fotokopierer, ein paar Kartons Papier, Packmaterial. In der Ecke stand ein Plastikeimer mit Putzmitteln.

Betz schob den billigen Druck an der Wand beiseite, Joan Miró, eines seiner fröhlichen Strichbilder, die als Büroschmuck in den siebziger Jahren so beliebt waren.

»Darf ich bitten, Frau Eschenborn?«

Nathalie und er steckten die Schlüssel hinein und drehten sie nach links. Die Tür des Tresors sprang auf.

»Bitte sehr«, sagte Betz. Er klang heiser. »Ich warte draußen.«

Nathalie Eschenborn wartete, bis sich die Tür hinter ihm geschlossen hatte. Dann faßte sie vorsichtig hinein.

»Videobänder«, sagte sie überrascht. »Massenhaft Videobänder.«

Sie reichte sie weiter. Sina suchte zunächst vergeblich nach einer Beschriftung.

»Hier oben sind ein paar Kürzel hingekritzelt«, entdeckte sie schließlich. »›Spiel. a. N.‹ oder ›Fam. sex.‹. Und hier: ›Jung. wi. ent.‹. Haben Sie eine Ahnung, was das bedeuten könnte?«

Nathalie schüttelte den Kopf.

»Das einzige, was mir dazu einfällt, ist seine Filmerleidenschaft. Als wir klein waren, hat er ständig Acht-Millimeter-Filme gedreht. Die ganze Familie war genervt davon, besonders meine Mutter. ›Mach die Kamera aus‹, hat sie immer gesagt, aber das hat nichts

genützt. Das war ein richtiger Tick von ihm: Kaum war das Wetter schön und das Schwimmbad eingelassen, beim ersten Sonnenstrahl sozusagen, fing er sofort damit an.« Sie zog ein paar weitere Kassetten heraus. »Jahrelang ist das so gegangen. Ich weiß nicht, aber vielleicht hat das hier ja irgendwie damit zu tun. Auf neue Technik umkopiert oder so. Soviel Sentimentalität hätte ich ihm gar nicht zugetraut.«
»Haben Sie einen Recorder?«
»Klar! Ich nehm die Dinger mit nach Hause und laß sie mal durchlaufen. Jetzt, wo so viel Zeit verstrichen ist, hätte ich selbst Lust, die alten Streifen wieder zu sehen. Vater-Mutter-Kind – in glücklichen Zeiten auf die Filmrolle gebannt, wie komisch bei einer Familie, die so chaotisch war wie unsere! Und was ist das hier?«
Sie nahm einen schmalen Leitzordner aus dem obersten Fach, schlug ihn auf und begann zu lesen.
Sina, schon halb im Gehen, blieb stehen und sah sie alarmiert an. Wie ein Totenköpfchen, dachte sie unwillkürlich. Die Gesichtshaut lag straff auf den Knochen. Die Lippen wirkten blaß und zerbissen.
»Das gibt's doch nicht!« Nathalies Stimme war sehr leise. »Er hat ihn wochenlang beschatten lassen!«
»Wer? Wen?«
»Meinen Bruder! Mein Vater hat ihm einen Detektiv auf den Hals gehetzt! Das sind die Berichte. Seitenweise!« Sie blätterte hastig weiter. »Lauter Eintragungen, eine nach der anderen, 2. Februar, 18. Februar, 5. März, 14. April und so weiter. Von diesem Jahr! Das

heißt, ganz aktuelles Material! Dazwischen sind lauter Fotos eingeklebt.«
»Was ist auf den Fotos zu sehen?« Sina blieb absichtlich geschäftsmäßig.
Nathalies Kopf vollzog seltsam ruckelnde Bewegungen, als treibe ihn ein defekter Motor an. »Nein – das darf einfach nicht wahr sein!«
»Warum hat er Ihren Bruder überwachen lassen? Sagt der Bericht etwas darüber?«
Nathalie schlug hektisch die letzte Seite auf. Als sie aufsah, war alle Farbe aus ihrem Gesicht gewichen.
»Allerdings«, flüsterte sie. »Hier steht, daß mein Bruder kleine Jungs vögelt. *Sehr* kleine Jungs.«

10

Carlo van Rees kam nun schon den dritten Abend hierher und mochte das Lokal bei jedem Besuch weniger. Nicht wegen der Männer, die hier ihr Bier tranken. Auch nicht, weil er die Bedürfnisse verurteilte, die sie an Orte wie diesen trieben. Ihn störte nicht, daß und wie das Spiel ablief; viel bedrückender fand er, was kaum verhüllt dahinter lag. Die blanke Gier, die unausgesprochene Not in den Blicken und Bewegungen der einen, der unverhüllte Abscheu in denen der anderen. Sein Magen zog sich schmerzhaft zusammen; untrügliches Zeichen dafür, wie unwohl er sich fühlte.

Die Bar wirkte auf ihn wie eine Bühne, auf der sich Marionetten bewegten, unfähig, ihren vorgeschriebenen Rollen zu entkommen. Das kleine, nicht allzu saubere Etablissement, im Gärtnerplatzviertel gelegen, nannte sich hochtrabend »Bar hommage«, war aber nichts anderes als ein besserer Stehausschank mit einer Handvoll kleiner Tische. Die Einrichtung aus einfachsten Materialien zusammengeschustert; billiger roter Pannesamt, mit dem die wenigen Stühle und die Sitzbank im hinteren Teil bezogen waren, und müde glimmende Lampen versuchten Verruchtheit vorzugaukeln. Am Tresen, der den Raum dominierte, standen ausschließlich Männer. Zwei Altersklassen:

junge Burschen, deutlich in der Minderzahl, und das Gros der hier Versammelten, die mit dem schwammigen Begriff »älter« bezeichnet werden konnten.
Carlo, gerade fünfundfünfzig geworden, zählte eindeutig zur zweiten Kategorie. Er war sorgfältig, für seine Verhältnisse geradezu stutzerhaft angezogen. Allerdings saß die Hose eine Spur zu stramm an Bauch und Schenkeln, und das Hemd, das Sina ihm vor Jahren aus Florida mitgebracht hatte, war so blau, da es bis dato unberührt im Schrank geschlummert hatte. Das Schuhwerk poliert, das Sakko über der Stuhllehne ein Zweireiher mit Goldknöpfen. Er hatte Bräunungscreme aufgetragen und war so weit gegangen, bläulichen Farbfestiger zu verwenden, der sein weißes Haar unangenehm verklebte. Er litt und konnte nur hoffen, daß seine Maskerade überzeugend war.
Er saß vor seinem dritten Kir.
Weiß der Himmel, weshalb er vor zwei Tagen ausgerechnet auf dieses Gesöff verfallen war, das ihm den Schweiß aus den Poren trieb und viel zu warm serviert wurde, aber jetzt hielt er eisern daran fest. Er hatte die dazu passende Attitüde so lange vor dem Spiegel einstudiert, bis er wirklich zufrieden gewesen war.
Er war der Mann, der Kir trank, obwohl er ihn eigentlich nicht mochte. Der Mann, der auf der Suche nach Gesellschaft war.
Er war der Mann, der sich am Tresen systematisch mit Kir betrank, weil er Sehnsucht nach junger Gesellschaft hatte.
Der Satz hallte als eine Art Mantra in seinem Schädel

wider. Aber das war nicht alles. Er schien ihm auch auf der Stirn eingebrannt zu sein.
So hatte sich vorgestern, kaum stand der Kir vor ihm, ein schmaler Mulatte neben ihn geschoben. Jeans, smaragdgrüne Wildlederstiefel, grelles Muscleshirt. Auf dem linken Oberarm setzte ein tätowierter Tiger zum Sprung an.
»Ich bin Bob. Kannst mich aber auch Tiger nennen, ganz wie du willst. Und wer bist du?«
»Paul«, sagte er schnell. »Und erst seit ein paar Tagen in der Stadt.«
»Und da hast du gleich zu uns gefunden? Alle Achtung! Ein flottes Kerlchen, das keine Zeit verliert. Echt geil!«
»Man hat so seine Informationen«, wich Carlo aus. »Der Freund eines Freundes eines ...«
Jetzt lachte der Kleine. Siebzehn, achtzehn, schätzte Carlo. Sein schwarzes, krauses Haar war steif vor Pomade. Wenn er sich bewegte, roch man frischen Schweiß, den ein süßliches Parfüm nur schwach überlagerte.
»Worauf stehst du?« fragte er. Seine Zungenspitze war sehr rot zwischen den dunklen Lippen. »Normal? Oder spezielle Wünsche? Ich hab' ein großes Repertoire!«
Während er sein Becken andeutungsweise kreisen ließ, fixierte er Carlo unablässig.
»Ich mag *Jungs*«, sagte Carlo mit Nachdruck. L. L. hatte ihn ausdrücklich auf diese Spur gesetzt. »Je jünger, je lieber.«

Das flächige Gesicht des anderen verschloß sich. Er schien den Spruch schon öfter gehört zu haben.
»Ich bin ein bißchen über fünfzehn«, sagte er kleinlaut. »Und hab' mir schon immer einen lieben Papi gewünscht.«
»Und ich mir einen schlimmen kleinen Sohn, *klein*, verstehst du?«
Tiger senkte den Kopf. »Ich könnte mich umhören. Wird aber 'ne Kleinigkeit kosten.«
Es klang nicht besonders ermutigend. Carlo konnte sich nur schwer vorstellen, daß er für andere die Werbetrommel rühren würde.
»Ich hab' nicht viel Zeit«, sagte er deshalb. »Und ich bin nun mal ein ungeduldiger Typ. Wenn ich will, dann gleich. Top-Qualität. Nicht leicht hierzulande, ich weiß. Aber möglich. Da bin ich ganz sicher.«
Tiger schluckte den Köder nicht. Damit war dieses Gespräch beendet.
Er verschwand wenig später mit einem kräftigen, grauhaarigen Mann und kam den ganzen Abend nicht mehr zurück.
Gegen die beiden, die Carlo am nächsten Tag anbaggerten, war er geradezu ein Waisenknabe gewesen. Muskulös und blond der eine, der andere schlaksig, mit dem bleichen Teint aller echten Rothaarigen.
Beide Früchtchen ersten Ranges. Beide von Kopf bis Fuß in schwarzem Leder.
Sie schienen bevorzugt als Duo zu arbeiten und dräng-

ten nach den ersten Drinks, die er ihnen spendiert hatte, er solle sie mit in sein Hotel nehmen.
»Magst du Zuckerbrot und Peitsche? Wir versprechen dir eine Nacht, daß dir Hören und Sehen vergeht, Süßer!«
Der Karottenkopf lachte schrill. »Erfahrungen, an die du noch lange denken wirst!«
Sie standen sehr dicht vor ihm. Von nahem sahen sie älter aus, Anfang Zwanzig. Und zu allem entschlossen.
Der Rothaarige hatte ständig was an seinem Stiefel zu nesteln. Carlo wäre nicht überrascht gewesen, wenn er ganz beiläufig ein Klappmesser herausgezogen hätte. Er besaß genug Phantasie, um sich vorzustellen, wie solch eine Session im ungünstigsten Fall ausgehen konnte.
»Ihr seid wirklich umwerfend«, sagte er. »Ehrlich! Aber trotzdem leider nicht ganz mein Geschmack! Ich mag es nun mal superfrisch. Da bin ich eigen!« Er zog eine Schnute. »Könnt ihr mir da vielleicht weiterhelfen? Ich kann sehr großzügig sein!«
»Ach, du bist ein Kinderficker?« Der Blonde warf seine Mähne nach hinten. »Dann mußt du dich an den Babystrich halten, wenn du auf deine Kosten kommen willst!«
»Pfui, was für ein häßlicher Ausdruck aber auch!« Carlo hoffte, die richtige Mischung aus Empörung und Begehrlichkeit zu treffen. »Das entspricht nicht meinem Niveau und schon gar nicht meiner Persönlichkeit. Ich bin einer, der Jungs *liebt.* Einer, der es wirk-

lich gut mit ihnen meint. Das ist alles, worum es mir geht. Ehrlich!«
Sie sahen ihn an wie einen toten Karpfen. Und ließen ihn einfach stehen.
Es hatte keinen Sinn, es weiter mit der ersten Kategorie zu versuchen, das war ihm nach diesen Episoden klar. Für die Informationen, die er brauchte, wäre er mit einem Exemplar aus der zweiten weitaus besser bedient.
Deshalb stand er an diesem dritten Abend nicht wie bisher am Tresen, wo die Boys die Köder auslegten, sondern saß an einem der Tische. Dort wartete er, ob heute vielleicht der Passende auftauchen würde.

Als Sina anrief, hob T. V. Teufel verschlafen ab. Seine ersten genuschelten Worte waren kaum zu verstehen.
»Hab' ich dich gerade gestört?« Sie schielte auf die Uhr. Kurz vor sechs. Nicht gerade die übliche Zeit für eine Siesta.
»Nein, nein, alles in Ordnung. Mir war nur nicht so gut, und da habe ich mich ein bißchen hingelegt.« Seine Stimme klang matt.
»Vielleicht nur die Aufregung, weil deine Braut anreist«, sagte Sina höflich.
»Möglich«, murmelte er zerstreut.
»Also, ich habe es mir überlegt. Gegen ein Abendessen ist nichts einzuwenden. Aber es geht nur am Freitag. Die anderen Tage bin ich komplett zu.«
»Mach dir wegen uns keine Umstände«, nuschelte er. »Wir kommen auch so zurecht.«

Himmel – was war jetzt denn schon wieder los? Rasende Ungeduld stieg in ihr auf. Dieser Mann schaffte es noch immer, sie in den Wahnsinn zu treiben!
»Hast du es dir etwa inzwischen anders überlegt? Nix mehr glückliche Familie?« fragte sie spitz.
»Das nicht«, erwiderte er belegt. »Aber ich möchte dich wirklich zu nichts zwingen. Wenn dir so wenig daran liegt, deine zukünftige Stiefmutter ...«
»Theo!«
»... meine zukünftige Frau kennenzulernen«, verbesserte er sich rasch, »dann ist das deine Sache. Ich will mir nicht wieder anhören müssen, daß ich in dein Leben pfusche oder ähnliches. Tu, was du tun mußt, Tochter.«
»Genau das mach' ich jetzt!« Sina warf den Hörer auf die Gabel.

Als Carlo kurz davor war, aufzugeben und nach Hause zu gehen, bemerkte er, daß der Mann am Nebentisch zu ihm herüberstarrte.
Er lächelte verbindlich zurück und strich sich das Haar aus der Stirn.
»Ganz schön heiß hier«, begann er den Dialog.
»Kann man wohl sagen«, näselte der andere. Er trank Weißbier, allerdings in winzigen Schlucken. »Schon öfters dagewesen?«
»Zwei-, dreimal«, erwiderte Carlo. »Bin noch nicht lange in München.«
»Woher kommen Sie, wenn ich fragen darf?«
»Aus Hamburg. Schöne, kalte Stadt, aber die Szene ist

in Ordnung.« Er deutete zum Tresen. »Nicht gerade viel los hier, oder?«
Der Mann vom Nebentisch machte eine erschöpfte Geste. Er hatte fahles, blondes Haar, über der Stirn merklich gelichtet, und übergroße, sehr helle Augen. Unzufriedenheit als Lebensthema stand ihm ins Gesicht geschrieben.
»Das können Sie laut sagen! Kein Niveau mehr, wohin man auch schaut! Alles geht den Bach runter.«
Im Hintergrund dudelte früher Elvis, ein Schmachtfetzen nach dem anderen. Zum Glück hatte der Typ hinter der Bar ordentlich aufgedreht. Carlo hielt sich in gespielter Verzweiflung die Ohren zu.
»Ist ja dicht an der Schmerzgrenze! Was dagegen, wenn ich mich für ein letztes Glas zu Ihnen setze?«
»Im Gegenteil. Es macht Spaß, zur Abwechslung mal wieder einen kultivierten Gesprächspartner zu haben.«
Der freie Stuhl am Nebentisch war noch wackeliger als sein bisheriger. Carlo hielt die Luft an und versuchte, jede überflüssige Bewegung zu vermeiden.
»Paul ist mein Name«, sagte er erwartungsvoll.
»Ich bin Franz-Herwig.« Er tippte sich auf die Brust, dann auf das leere Glas. »Was trinken Sie?«
Zähneknirschend bestellte Carlo einen weiteren Kir.
»Das wäre dann der fünfte«, sagte der Servierer und knallte das Glas auf den Tisch, daß ein paar rote Spritzer überschwappten.
Franz-Herwig schickte ihm einen finsteren Blick hinterher.

»Der Arsch hängt, und zugenommen hat er auch«, mäkelte er. »Aber Gäste mit blöden Sprüchen anmachen, das kann er!«
Carlo war hellwach geworden. Es schien, als hätte er gefunden, wonach er gesucht hatte.

Das verpatzte Telefonat mit ihrem Vater ließ sie für den Rest ihrer Bürostunden nicht mehr los. Eigentlich hatte sie vorgehabt, noch ein paar Runden zu schwimmen, aber der Gedanke an überfüllte Badeanstalten schreckte sie ab.
Sina fuhr nach Hause, früher als sonst. Taifun war noch auf Schnuppertour, sein Schälchen unberührt. Offenbar hatte er eine zweite Freßquelle entdeckt.
Sie duschte kalt, wickelte sich in ihren balinesischen Sarong und setzte sich mit einem großen Eistee auf die Terrasse. Kein Balkon ringsumher, auf dem nicht eifrig zum Abendessen gerüstet wurde. Familienglück pur. Sie wußte, was unweigerlich noch anstand. In spätestens einer halben Stunde würde die Würstelgrill-Fraktion im Hof ihr lärmendes Unwesen treiben. Was Sina sonst als rettungslos spießig abgetan hätte, ging ihr auf einmal unter die Haut. Vater-Mutter-Kind, in trauter Innigkeit – die Sehnsucht danach war ein Schmerz, den sie sorgfältig weggepackt hatte, lange schon.
Plötzlich fühlte sie sich ausgeschlossen, allein gelassen. Ihr war, als sei sie von einer gläsernen Schranke umgeben, die nach oben wuchs und millimeterweise näher kroch, bis sie erstickt sein würde. War sie über-

haupt noch lebendig? Oder tat sie die ganze Zeit über nur so?
Sie mußte schlucken.
Sie bekam echte Atemnot.
Und dann, mit einem Mal, kroch die Erinnerung in ihr hoch. Sie wehrte sich noch einen kurzen Augenblick. Dann hörte sie auf, dagegen anzukämpfen.

Franz-Herwig entpuppte sich als wahre Fundgrube, was Gemeinheiten betraf. Er schien die ganze Szene zu kennen, alle und jeden. Besonders die mit den ganz speziellen Vorlieben. An keinem ließ er ein gutes Haar.
Carlo hielt sich zunächst zurück, schmunzelte, runzelte die Stirn oder machte ab und zu an der richtigen Stelle »tz, tz«. Allmählich wurde er kühner und lenkte die Unterhaltung in die gewünschten Bahnen. Auf durchsichtig-umständliche Weise erfand er einen nahen Freund, der nun mal pädophil sei, wohl wissend, daß der andere sofort durchschauen würde, was damit gemeint war.
»Schwierig ... ausgesprochen schwierig für Ihren Freund«, sagte Franz-Herwig. »Früher, als die Medien noch nicht so schrecklich indezent waren, lief alles viel besser. Natürlich unter der Hand, klar, aber es lief!« Er sah ihm tief in die Augen. »Muß es denn unbedingt hiesiges Frischfleisch sein?«
»Ach, nicht zwangsläufig! Wer hat denn schon was gegen eine kleine exotische Reise einzuwenden – vorausgesetzt, sie führt zum Ziel?« Carlo trank einen

Schluck von dem süßen Zeug. Nach diesem Abend würde er Kir nie wieder anrühren, das hatte er sich geschworen. Er suchte nach einem beiläufigen Ton. »Gab es hier in der Stadt nicht einmal ein Reisebüro, das ganz fit auf diesem Sektor war?«
Franz-Herwig sah auf einmal noch eine Spur vergrämter aus.
»Doch nicht etwa ›Two Tours‹?«
»Ja, ich glaube, das war der Name!«
»Da sind Sie leider auch ein bißchen spät dran! Früher hatten die echt was drauf. Jungs quasi auf Bestellschein, und alles zu Dumping-Preisen. Sprach sich rum wie ein Lauffeuer. Lauter zufriedene Stammkunden. Aber inzwischen? Können Sie glatt abhaken! Dieser Eschenborn hat den übelsten Schmuddelladen daraus gemacht, wo man doch heutzutage ohnehin so vorsichtig sein muß! Und warum das alles? Vor lauter Beziehungsstreß bleibt die Programmplanung auf der Strecke!«
Eine Tirade über den Niedergang dieses Unternehmens folgte. Carlo hatte den Eindruck, daß Franz-Herwig den Namen Eschenborn mit ganz besonderem Mißfallen aussprach.
»Jetzt hat Wölfchen auch noch Zoff mit seinem Süßen, beziehungsweise der mit ihm! Dabei ist Phil ein ausgesprochen niedlicher Kerl, allerdings schon Ende Zwanzig.« Die farblosen Wimpern flatterten. »Welcher junge Lover hat es schon gern, wenn er auf einmal alt aussieht?«
»Wie meinen Sie das?«

»Ach, kommen Sie!« Die Echsenaugen glänzten. »Eschenborn könnte sich auf der Stelle mit Ihnen zusammentun, so sieht die Sache doch aus. Er hat's auch gerne wie Sie: je jünger, je lieber. Und Phil flippt herum und gibt die Kohle aus. Reichlich, kann ich Ihnen sagen! Keine Ahnung, wo die so plötzlich herkommt. Aber wer weiß? Vielleicht ist die Lösung ganz einfach.«

Er zog anzüglich die Brauen hoch. »Es gibt doch immer wieder reiche Daddys, die gern großzügig sind, nicht wahr?«

»Ja«, sagte Carlo. »Die gibt es wohl.«

Sina war knapp fünfzehn gewesen, als sie herausfand, warum ihr Vater so streng war. Sie sollte nicht ausgehen, mit Jungs schon gar nicht, das verstand sich von selbst.

Aber auch nicht mit ihren Freundinnen.

Ihm war es lieber, wenn sie die Mädels mit nach Hause brachte. Dann blühte er auf, hatte plötzlich keine dringenden Abendtermine mehr, für die er sich groß in Schale schmeißen mußte, sondern gab hier und jetzt seine Sondervorstellung. Ihre Mutter bekam den verkniffenen Gesichtsausdruck, der Sina so traurig machte.

»Du hast wirklich einen tollen Vater!« schwärmten ihre Klassenkameradinnen. »So jugendlich! Und so verständnisvoll!«

Er trug die Lederarmbänder, die sie ihm zu Ehren knüpften, chauffierte sie mit seinem damals noblen

Auto rudelweise zu und von Geburtstagspartys und erteilte sogar Mathe-Nachhilfe.
Natürlich kostenlos. Und am liebsten ungestört.
Sina, die eines nachmittags zu früh nach Hause kam, überraschte ihn, wie er ihre beste Freundin Helga auf dem Perser im Wohnzimmer »in die Liebe einführte«, wie er es nannte. Das Courrèges-Kleid war zerrissen, die weiße Strumpfhose mußte in den Müll.
Nach und nach fand sie heraus, daß Helga nicht die einzige gewesen war. Mehr als ein halbes Dutzend ihrer Freundinnen hatte er schon »rangenommen« und sie mit der Drohung zum Schweigen gebracht, er würde ihren Eltern reinen Wein über den wahren Charakter ihrer Töchter einschenken.
Theo leugnete zunächst.
Dann brach er zusammen. Packte aus, gelobte tränenreich Besserung. Eine Lebenskrise sei es gewesen, pure Triebentladung, nichts weiter, eine Art Zwang, dem er aus momentaner Schwäche nachgegeben habe, was er nun – natürlich – zutiefst bereue. Für ihn, so merkwürdig es auch klingen möge, sei es die einzige Möglichkeit gewesen, sich jung und attraktiv zu fühlen und dem drohenden Alter die Stirn zu bieten. Aber das sei jetzt ein für allemal vorbei. Versprochen. Ehrenwort.
Ein paar Monate später reiste Sinas sechzehnjährige Kusine Marlene überstürzt aus den Sommerferien ab und betrat das Haus ihres Onkels nie wieder. Andere junge Mädchen folgten, wahllos, und sie wurden immer jünger.

An Sinas siebzehntem Geburtstag reichte ihre Mutter die Scheidung ein. T. V. Teufel hatte einen ihrer weiblichen Lehrlinge geschwängert. Das Mädchen hatte gerade die Volksschule beendet und war keine fünfzehn.

Wanda Teufel blieb bis zu ihrem frühen Tod allein. Die Wunden, die sie abbekommen hatte, saßen zu tief. Es gab noch ein paar halbherzige Versuche mit anderen Männern, die sie aber jedesmal abbrach, wenn es ein bißchen ernster zu werden drohte. Ihr Leben war praktisch gelaufen.

Sie hoffte bis zum Schluß, die Tochter habe so wenig wie möglich davon mitbekommen. Was natürlich nicht zutraf. Sina hatte ebenfalls Augen, Ohren und einen klaren Verstand.

Sina schmeckte plötzlich wieder diese Bitternis. Warum nur mußte ihr Gedächtnis so verdammt präzise arbeiten? An Tagen wie heute haßte sie sich richtig dafür.

Der Appetit auf Erdbeeren mit Milch oder ein lustlos belegtes Brot war ihr inzwischen vergangen. Sie blieb, wo sie war, spürte die harten Rippen des Gartenstuhls unter ihrem Hintern und sah zu, wie die Sonne langsam tiefer sank.

Als nur noch die Mauer im Hof ein paar goldene Tupfer abbekam, stand sie auf und holte sich das tragbare Telefon nach draußen. Sie goß sich ein Glas Wein ein.

Sollte sie, oder sollte sie nicht?

Unangenehmes verschwindet nicht, nur weil man es

ausblendet, sagte sie sich streng. Stell dich nicht so an! Das ist alles Jahrhunderte her.
Sie wählte die Nummer vom Hotel »König Ludwig«.
»Herr Teufel bitte, Zimmer vierzehn.« Sie wartete. »Nimmt nicht ab? Dann richten Sie ihm doch bitte aus, seine Tochter habe angerufen. Er soll zurückrufen. Danke. Nein, keine weitere Nachricht.«
Jetzt war nur noch ein rosiger Schein am Horizont zu sehen. Und sie war ebenso unschlüssig wie zuvor.

11

Das Kind lernte zu fliehen. In Träume und Phantasien, nicht nur nachts, wenn es endlich das Bett wieder für sich allein hatte. Es begann auch tagsüber, sich eine andere Welt zu erfinden.
Aber oft gelang es trotz aller Anstrengung nicht. Dann kamen statt der bunten Bilder nur schwarze, wirbelnde Gedanken, stark und übermächtig. Immer häufiger wünschte sich das Kind, Papa möge sterben. Schließlich dachte es so gut wie jeden Tag daran.
Es war fast zehn, als es zum erstenmal davon träumte, Papa zu töten. Seitdem immer wieder.

Denn er ließ das Kind nicht in Ruhe. Ganz im Gegenteil. Sein Ton wurde rauher, seine Ungeduld wuchs.
»Stell dich nicht so an«, pflegte er zu sagen, wenn das Kind mit angezogenen Knien unter seiner Decke lag und zu schlafen vorgab. »Mir machst du nichts vor. Ich weiß genau, daß du wach bist! Du machst jetzt kein Theater, sondern tust, was ich dir sage. Wenn nicht, dann ...«
Die Liste der Drohungen war lang und ausgefeilt und änderte sich ständig. Woher wußte Papa eigentlich, was ihm am meisten weh tun würde?

Weil er, wie das Kind manchmal befürchtete, eben *doch* alles sah und alles erfuhr – ganz so wie der liebe Gott?

Es dauerte lange, bis das Kind wagte, laut zurückzudrohen. Papa reagierte zunächst ungläubig darauf, dann schlug er zu.
»Weißt du, was passiert, wenn du noch einmal sagst, daß du Mama etwas erzählen willst?«
Es starrte ihn mit aufgerissenen Augen an. Papas Hose stand offen, sein großes Ding aber war noch eingesperrt.
»Ich bringe Tommie auf der Stelle zum Tierarzt und lasse ihn einschläfern. Ganz wie du willst! Also, was ist nun?«
Die Luft wich aus dem Kind, als hätte es einen Magenschwinger bekommen. Nichts auf der Welt liebte es mehr als Tommie, seinen Golden Retreaver. Der Widerstand war sofort gebrochen. Sein Aufbegehren war matt.
»Nein! Das darfst du nicht tun!«
»Oh doch, das darf ich!« Papas Augen waren kalt, seine Hände grob. »Ich darf alles, was ich will. *Alles,* verstehst du? Und jetzt steh endlich auf, mach die Beine breit und beug dich nach vorn, wie ich es dir gezeigt hab. Wird's bald – oder soll ich wieder den Gürtel holen? Ja, ja, so ist's gut!«
Das Kind spürte brennenden Schmerz. Tränen schossen in seine Augen. Jetzt, sagte es sich. Jetzt!
Es schraubte den Kopf vom Körper ab, ganz vorsichtig

wie den Deckel von einem Marmeladeglas. Und flog davon. Mit seinem neuen Namen, den niemand wissen durfte.

Das Kind wurde krank. Die Hände begannen zu jukken. Keine Salbe half, kein Puder, keine Tabletten.
An den Handinnenflächen, in den Ellbogen und Kniekehlen bildeten sich Bläschen, die schnell wuchsen und schließlich aufplatzten. Weißliche Flüssigkeit trat aus.
»Das geht wieder vorbei«, sagte Mama. »Das wird wieder gut.«
Sie verband das Kind von Kopf bis Fuß mit Mull, damit es sich nicht blutig kratzte.
Das Kind weinte sich in den Schlaf und wußte es besser. So mußten die Höllenfeuer brennen.

Mama verlor schließlich die Geduld und fuhr mit dem Kind an die See. Kein Papa, keine große Schwester. Nur die beiden.
Der Wind und das Salz und das Meer brachten rasche Linderung. Das Kind wurde rasch gesund. Man reiste ab.
Kaum war es eine Woche zu Hause, ging alles von vorn los.

»S« bedeutete schuldig. »S« hatte das Kind auf seinen Schulranzen gekritzelt und in sein Federmäppchen geritzt. »S« stand auch für »schlecht«.
Das Kind war beides, schuldig und schlecht, das wuß-

te es selbst am besten. Es trug ein Kainsmal auf der Stirn und hielt den Kopf gesenkt, damit niemand es sehen konnte. Es tat so weh, daß es Lust bekam, auch jemandem weh zu tun.

Ihm weh zu tun.

»Und wenn ich Mama alles sage und du ins Gefängnis mußt?«

»Untersteh dich! Wenn du das jemals tust, dann bringe ich dich um.«

Papa hatte sich umgedreht. Sein Gesicht war ganz blaß, seine Stimme ganz flau geworden.

Das Kind verstummte. Es wußte, er meinte es ernst.

»Komm, sei wieder ein guter Junge!« Papa versuchte zu lächeln. »Ich mach' einen richtigen kleinen Mann aus dir! Was ist? So ein Gesicht! Willst du kein Mann werden wie dein Papa?«

Lieber will ich tot sein, dachte das Kind. Mausetot.

12

Es klingelte. Dreimal, lang und laut.
Nathalie Eschenborn fuhr vom Sofa hoch. Ihr Puls raste. Sie hatte Mühe, sich zu orientieren. Eben war es noch dunkel gewesen. Jetzt schien die warme Morgensonne ins Zimmer, und die ersten Vögel zwitscherten. Sie mußte tatsächlich eine Weile eingedöst sein. Ihre Augen brannten. Sie hatte bohrende Kopfschmerzen und einen gallebitteren Geschmack im Mund. Ihr Herz fühlte sich nach dieser Nacht vor dem Bildschirm an wie ein schwerer, nasser Klumpen.
Durchdringendes Läuten. Pochen. Harte Tritte gegen die Wohnungstür. »Aufmachen! Öffnen Sie!«
Sie warf einen Blick auf die Uhr an ihrem Handgelenk. Kurz vor halb sechs. Es war neun Uhr gestern abend gewesen, als sie das erste Video eingelegt hatte.
Noch immer benommen ging sie zur Tür.
»Wer ist da?« rief sie, ohne zu öffnen. »Was wollen Sie?«
Ihr war schwindelig, und in ihrem Bauch hatte sich ein großes, schwarzes Loch ausgebreitet, das rasch weiterwuchs. Ganz leer fühlte sie sich, ausgehöhlt. Sie mußte sich anlehnen und preßte das rechte Ohr gegen das leicht aufgerauhte Holz.
»Polizei. Hausdurchsuchung. Öffnen Sie sofort!«
»Und wenn nicht?«

»Dann sind wir gezwungen, uns Eintritt zu verschaffen.«
Sie schloß auf.
Es war ein Fünfertrupp, vier junge Kripobeamte, die sich sofort in den verschiedenen Zimmern verteilten, und ein übellauniger, glatzköpfiger Kommissar in mittleren Jahren. Als Legitimation hielt er ihr ein paar Sekunden den »Durchsuchungs- und Beschlagnahmebeschluß« des Ermittlungsrichters vor die Nase. Dann machte er sich wie die anderen ans Werk.
Sie war zunächst zu verstört, um zu reagieren. Als die Beamten aber begannen, wahllos Schubladen rauszuziehen und alle Schrankfächer zu durchwühlen, begann ihr Verstand wieder zu arbeiten.
»Was machen Sie hier überhaupt? Was suchen Sie denn?«
»Beweismittelsicherung. Dienliches für die Ermittlungen im Mordfall Eschenborn.«
»Und dazu müssen Sie in aller Herrgottsfrühe meine Wohnung stürmen?«
Der Kommissar sah nur einmal auf. Dann widmete er sich wieder dem Inhalt der randvollen Schreibtischschubladen.
»Am besten gehen Sie auf den Balkon und rauchen eine Zigarette.« Es klang so unfreundlich, wie es gemeint war.
Aus dem Schlafzimmer hörte sie ein Schleifen und Scheppern. Dann ein Klirren. Sie rannte hinüber.
»He, was soll denn das? Das war meine Lieblingsvase! Können Sie nicht ein bißchen besser aufpassen?«

Der Teppichboden war mit Kleidungsstücken übersät. Einer der Kripobeamten nahm sich gerade die Schmuckschatulle vor. Das Schloß klemmte. Er zerrte ungeduldig daran. Schließlich sprang es auf. Ketten und Armreifen fielen heraus.

»Dürfen Sie das überhaupt? Alles einfach demolieren?«

Sie bekam keine Antwort.

Plötzlich wußte sie, was zu tun war. Louis Levin hatte ihr seine private Telefonnummer gegeben. »Wenn es wirklich brennt, dann jederzeit. Sonst absolut tabu.«

Jetzt brannte es, das stand außer Frage. Sie ging ins Arbeitszimmer, wo das Telefon stand, schlug ihr schwarzes Büchlein auf und begann zu wählen.

»Machen Sie bloß keine Zicken!« Der Kommissar drückte hart auf die Gabel. »Sonst werden wir ungemütlich!«

Das Freizeichen ertönte. Nathalie wurde zornig.

»Das ist eine Hausdurchsuchung hier, wenn ich richtig informiert bin«, fauchte sie, »kein Erschießungskommando, oder vielleicht doch? Ich werde jetzt meinen Anwalt anrufen. Und zwar *ungehindert*!«

»Das Notizbuch, wenn ich bitten darf.« Er streckte die Hand aus. »Muß ich leider beschlagnahmen.«

Sie tippte auf die Wahlwiederholungstaste. Gleich beim zweiten Klingeln war L. L. dran. Er klang nicht einmal besonders verschlafen.

»Ich hab' soeben Besuch bekommen«, sagte sie. »Fünf Mann. Hausdurchsuchung. Es wäre wunderbar, wenn Sie vielleicht auf einen Sprung ...«

»Gute Güte – bin schon unterwegs! Sagen Sie so wenig wie möglich.«

Kurz vor acht waren die Beamten mit ihrer akribischen Durchsuchung fertig. Nathalies Wohnung sah schlimm aus, war aber nicht so verwüstet, wie sie es wahrscheinlich ohne die Anwesenheit eines Anwalts gewesen wäre. Zum Schluß war nur noch das Beschlagnahmeverzeichnis zu unterschreiben.
»Nur zu«, L. L. warf ihr einen ermunternden Blick zu. »Momentan wüßte ich keinen Grund, es zu verweigern.«
Die Ausbeute war ohnehin minimal. Offenbar hatten sie keine Ahnung von der Existenz des Apartments. Hier jedenfalls waren sie nicht fündig geworden. Anstatt der Lederböcke und Folterwerkzeuge, die sie nach Dominiks Hinweisen wohl vermutet hatten, hatten sie eine ganz normale, geschmackvoll eingerichtete Single-Wohnung vorgefunden. Um sich keine Blöße zu geben, nahmen sie wenigstens das Adreßbuch mit, Briefe, ein paar persönliche Aufzeichnungen und vier Videokassetten. Glücklicherweise die vom richtigen Stapel.
»Was ist das?«
Nathalie war es gelungen, ganz ruhig zu antworten. »Familienaufnahmen. Ferien am Meer und so. Lauter private Filme aus den sechziger Jahren.«
Der Kommissar warf ihr einen mißtrauischen Blick zu, ließ es aber dabei bewenden. Er schien gründlich genervt.

Schließlich zogen sie ab.
Nathalie schlug die Tür hinter ihnen zu. Sie atmete tief durch, setzte sich auf die Couch und schloß die Augen.
L. L. ließ sich in den bequemsten Sessel fallen. Sein spärliches Haupthaar stand zerzaust um den runden Schädel; er trug keine Socken und wirkte in seiner zerknautschten Leinenhose ungewohnt derangiert. Seine Laune aber schien ungetrübt.
»Das hätten wir erst einmal geschafft! Was halten Sie von einem kleinen Frühstück, um die Lebensgeister zu reaktivieren? Kaffee, Eier, Toast? Vielleicht O-Saft? Ich weiß auch nicht warum, aber ist nun mal so: Polizei in größeren Mengen macht mich immer ungeheuer hungrig.«
Nathalies Gesicht war blaß und spitz.
»Was ist los?« fragte er beunruhigt. »Sie sehen ja aus wie ein Gespenst! Beruhigen Sie sich, Frau Eschenborn, die sind Sie erst mal los! Das Schlimmste ist jetzt überstanden.«
»Meinen Sie? Ich weiß nicht recht.« Sie erhob sich, steif und schwerfällig wie eine alte Frau. »Ich mache uns schnell was in der Küche zurecht, Herr Levin. Danke überhaupt, daß Sie so schnell da waren! Bis der Kaffee fertig ist, möchte ich Ihnen einen kleinen Film vorführen. Gute Nerven und ein dickes Fell haben Sie ja wohl.«
Sie ging zum Recorder und bückte sich, um ihn einzuschalten.
Sie kam nicht mehr nach oben. Als hätte jemand

den Stecker rausgezogen, sackte sie plötzlich in sich zusammen und fiel mit leerem Blick seitlich zu Boden.

Als Nathalie wieder zu sich kam, lag sie auf der Couch, ein Kissen unter den Knien, eine leichte Decke übergelegt. Sie fror, obwohl es bereits wieder ziemlich warm war. Sie fühlte sich hundeelend.

»Haben Sie die ganzen Bänder vergangene Nacht angeschaut?« L. L.s Stimme war sehr sanft. Er deutete auf den Stapel Kassetten.

Der Fernsehapparat lief. Ein dicker nackter Mann saß auf einem Bett und ließ sich den Penis von einem ebenfalls nackten Jungen reiben. Der Kleine war weißhäutig, schmächtig und höchstens zehn. Er schien Angst zu haben. Er machte ein Gesicht, als würde er gleich zu weinen anfangen.

Der Mann stöhnte. Das Kind hatte dunkle, verschreckte Augen.

Nathalie nickte mit abgewandtem Kopf.

»Da sind Dinger dabei, das glauben Sie nicht! Ich bin total fertig.«

L. L. betätigte die Fernbedienung. Der Bildschirm wurde schwarz. »Nette Ausbeute für den Staatsanwalt. Woher haben Sie das Zeug?«

»Stammt aus Papas Giftschrank«, erwiderte Nathalie leise.

»Und wie kam es da hinein?«

»Keine Ahnung – das ist es ja, was mich halb wahnsinnig macht! Jedenfalls war es fein säuberlich im

Firmentresor aufbewahrt. Bunt zusammengewürfelt mit umkopierten Acht-Millimeter-Filmen, die mein Vater selbst gedreht hat. Da sind auch nackte Kinder drauf. Und Wasserspiele.« Sie schluckte. Ihr Mund verzog sich schmerzlich. »Mein Bruder und ich. Als wir noch klein waren.«

Sie begann zu weinen.

Louis Levin reichte ihr sein Taschentuch. »Jetzt frühstücken Sie erst einmal. Dann fühlen Sie sich gleich besser.«

»Ich kann nicht!«

»Selbstverständlich können Sie!« Er wurde streng. »Mein Rührei mit frisch geriebenem Parmesan hat noch niemand ungestraft verschmäht! Dazu gehört gebutterter Toast. Und keine Widerrede!«

Gehorsam trank Nathalie. Nach ein paar Bissen schob sie den Teller weg.

»Schmeckt wunderbar. Aber ich hab keinen besonderen Appetit.« Sie sah ihn hilfesuchend an. »In meinem Schädel geht alles drunter und drüber. Ich hab ein Gefühl, als würde ich jeden Augenblick den Verstand verlieren.«

»Sie müssen versuchen, einen kühlen Kopf zu bewahren. Es geht noch immer um Ihr Alibi am Mordabend. Haben Sie mit Ihrem Kunden darüber gesprochen?«

»Ja«, sagte sie. »Schon zweimal. Zuerst hat er sich furchtbar aufgeregt und wollte um nichts in der Welt aussagen. Erst als ich die Fotos ins Spiel brachte, ist er ins Grübeln gekommen. Er weiß jetzt, ich kann einwandfrei belegen, daß er mein Kunde ist. Ob er wirklich den Zeugen macht, ist allerdings dennoch fraglich. Er hat unheimliche Angst, daß er auffliegen könnte.«

»Vielleicht gäbe es da eine Möglichkeit ...« L. L. hatte inzwischen das Rührei bis zum letzten Krümel vertilgt. Er zog die Stirn kraus. »Sie geben mir seine Telefonnummer. Ich rufe ihn an und sichere ihm absolute Diskretion zu. Wenn er Ihr Alibi zur Tatzeit bestätigt, biete ich ihm an, daß er nicht als Zeuge benannt wird, solange das Ermittlungsverfahren läuft. Anschließend informieren wir Engl. Dann kann sich unser smarter Oberstaatsanwalt endlich darauf konzentrieren, den wirklichen Mörder Ihres Vaters zu fangen.«

»Und Sie glauben, der spielt da mit?«

L. L. lächelte. »Ein hoher Polizeityp, sagten Sie? Natürlich! Warum sollte das mit den Krähen und den Augen ausgerechnet in Bullenkreisen nicht funktionieren?«

»Aber wenn er ...«

»Kommen Sie, Frau Eschenborn, das ist momentan Ihre einzige Chance!« Er war aufgesprungen und stand breitbeinig vor ihr. »Die wollen Sie kriegen, verstehen Sie? Die haben sich total auf Sie eingeschossen. Und die machen weiter, nach diesem Reinfall heute morgen erst recht, das können Sie mir glauben! Wenn Sie nicht als Opferlamm verurteilt werden wollen, dann müssen Sie schon ein bißchen den Wolf auspacken!«

»Ich möchte, daß wir das mit Frau Teufel besprechen«, sagte Nathalie. »Um zu hören, was sie von der Strategie hält.«
»Genau das werden wir!« L. L. blinzelte sie unternehmungslustig an. »Müssen Sie in die Agentur?«
»Erst am Nachmittag.«
»Gut. Dann duschen Sie jetzt und ziehen sich was über. Ich führe einstweilen ein paar Telefonate. Und anschließend fahren wir schnurstracks zum zweiten Frühstück in Sinas Kanzlei.«
Nathalies Blick verriet Skepsis. Aber sie stand gehorsam auf und ging langsam ins Bad.

»Guten Morgen, hier ist Monika Radmann. Sie wissen, wer ich bin?«
»Natürlich«, erwiderte Sina. »Sie sind Jennys Mutter.«
Der zweite Anruf, der sie an diesem Morgen überraschte!
Um vor der Hitze zu fliehen, saß sie ausnahmsweise schon seit halb acht in der Kanzlei. Der Aktenstapel links von ihr war deutlich zusammengeschrumpft.
»Ich hätte Sie nicht angerufen, wenn ich nicht guten Grund dazu hätte. Haben Sie in den letzten Tagen etwas von Pit gehört?«
Eine dunkle Frauenstimme mit leisem bayerischen Einschlag. Monika Radmann war, wie Redford erzählt hatte, im Westend geboren und aufgewachsen und lebte noch heute mit ihrer Tochter in diesem Viertel. Redford war nie zu ihnen gezogen. Selbst als Jenny

noch ein Baby war, hatte er seine Junggesellenbude am Josephsplatz nicht aufgegeben.
»Nein«, sagte Sina. »Sie vielleicht?« Ihr Herz schlug unwillkürlich schneller. »Warum fragen Sie?«
»Weil ich mir Sorgen mache, und zwar große Sorgen! Jenny ist gestern sieben geworden. Und ihr Vater hat nicht bei uns angerufen. Kein Brief, nicht einmal ein Telegramm. Nichts, gar nichts! Er hat sich immer an diesem Tag gemeldet, *immer,* sogar, als er damals in Bogotà war. Irgend etwas muß passiert sein. Pit würde niemals den Geburtstag seiner einzigen Tochter vergessen!«
Sina registrierte jeden einzelnen der aufgelisteten Besitzansprüche. »Vater«, dachte sie, »uns«, »einzige Tochter«, »immer«. Jennys Mutter hatte sich also entschlossen, aufs Ganze zu gehen. Wahrscheinlich hatte sie insgeheim schon lange mit solch einem Anruf geliebäugelt, hatte nur auf einen Anlaß gewartet.
»Haben Sie es schon bei seinem Freund in Leipzig versucht?« Sie hoffte, daß sie einigermaßen beherrscht klang.
»Natürlich! Schon x-mal! Aber da geht keiner ran! Pit wollte doch als nächstes nach Magdeburg. Haben Sie eine Ahnung, wo er da zu erreichen ist?«
Das saß. Ihr gegenüber hatte Redford den Trip nach Magdeburg mit keiner Silbe erwähnt.
»Woher wissen Sie das?«
Jetzt war ihr Ton doch giftig geworden. Auch schon egal. Wenn Redford sich bei Monika an- und abmel-

dete, während sie ihm nicht einmal ein winziges Lebenszeichen zwischendrin wert war, konnte sie ruhig ein bißchen ruppig sein. So wild war der Osten bekanntlich schon lange nicht mehr, daß man nicht von überall aus telefonieren konnte – *wenn* man wollte.

»Von Winnie Maurer. Aber der ist auch verschollen, Ich weiß gar nicht mehr, was ich noch machen soll! Keine Minute hab' ich diese Nacht geschlafen. Vielleicht haben ihn diese rechten Kerle in der Mangel und tun ihm sonstwas an!«

»Vielleicht sind sie ja zu zweit unterwegs, Pit und Winnie. Und es gibt für alles eine ganz plausible Erklärung.«

Es klang dünn, und Sina wußte es. Trotzdem war sie halbwegs erleichtert. Wenigstens hatte Monika Redford hinterhertelefoniert und nicht umgekehrt. Sie erschrak im gleichen Augenblick über ihre Gedanken. Große Güte – wie sie sich haßte für diese widerliche Eifersucht, die sie wie ein Flächenbrand befallen hatte!

»Wir könnten die Polizei einschalten«, schlug Monika Radmann vor.

»Die Polizei? Die fahndet nicht so schnell nach verschollenen Journalisten! Außerdem würden wir damit womöglich seine Recherchen gefährden. Nein, das halte ich für keine besonders gute Idee. Schließlich ist Red ... ich meine, Pit ein erfahrener Reporter und nicht zum erstenmal in einer Situation, die vielleicht ein bißchen knifflig ist.«

»Das haben die in der Redaktion auch gesagt. Aber ich bin trotzdem beunruhigt.«

»Ach, da haben Sie auch schon angerufen?«

»Ja, gestern. Und heute früh noch mal. Aber die wissen auch nichts.«

Na prima, dachte Sina, ganz große Klasse! Jede Gelegenheit entschlossen beim Schopf gepackt, um sich allüberall als die treusorgende Frau an Redfords Seite zu präsentieren!

»Hören Sie«, sagte sie, »wie es aussieht, bleibt uns nichts anderes übrig, als abzuwarten. Wir könnten uns gegenseitig verständigen, falls Pit sich meldet. Allerdings setze ich dabei eine gewisse Fairneß voraus. Auf beiden Seiten. Einverstanden?«

»Wie meinen Sie das?« Das gemütliche bayerische Timbre war verschwunden. Die Stimme am anderen Ende der Leitung klang unverhohlen aggressiv.

»Ach, das wissen Sie doch ganz gut, oder?«

»Jetzt hör'n Sie mir mal zu! Belehren lassen muß ich mich nicht von Ihnen und dumm anreden schon zweimal nicht! Wenn Sie nicht wissen, was es heißt, ein Kind allein großzuziehen, dann ist das Ihr Problem. Ich bin keine Nachhilfelehrerin! Mir geht es um Jenny ...«

»Frau Radmann, bitte!«

Sie hatte einfach aufgelegt.

Sina blieb ein paar Minuten bewegungslos sitzen. Dann wählte sie Redfords Leipziger Nummer, die sie längst auswendig kannte. Auch nach dem fünften Versuch meldete er sich nicht.

Eine Stunde später war das Büro vollgequalmt. Sina vibrierte vor Nervosität und rauchte Kette wie in ihren schlimmsten Suchtzeiten. Nathalie Eschenborn stand ihr kaum nach. L. L., in der Regel nur schwerlich aus der Fassung zu bringen, rang nach Luft.

»Ich hab schon mehr blauen Dunst in der Lunge als Sauerstoff!« Japsend öffnete er das Fenster. »Ich verzieh' mich jetzt mal ins Nebenzimmer, um unseren unwilligen Zeugen anzurufen. Könnt ihr euch nicht wenigstens ein bißchen zurückhalten?«

Sina hatte schon die nächste Zigarette in der Hand. Nathalie gab ihr Feuer. Sie schienen ihn gar nicht zu hören.

»Also noch einmal! Konsul Eschenborn läßt seinen Sohn beschatten und dessen Freund und Angestellten, diesen Philipp ...«, sie mußte blättern, »... hier haben wir ihn! Philipp Spieker. Dabei stellt sich heraus, daß Dominik eine Vorliebe für kleine Jungs besitzt, die er sich unter anderem wohl für erotische Zwecke in seine Wohnung bringen läßt. Keine ganz billige Angelegenheit.«

»Aber weshalb diese Bespitzelung? Mein Vater muß doch einen Grund gehabt haben!«

»Vielleicht bloßer Verdacht, vielleicht die Suche nach Gewißheit, weil er seine Hinterlassenschaften neu ordnen wollte ...«

»Meinen Sie, er hat Dominik deshalb enterbt?«

»Das kann er uns nicht mehr sagen, und Ihr Bruder, falls er etwas davon ahnt, wird sich hüten, es zu tun. Festzustehen dagegen scheint, daß seine ... *Neigun-*

gen offenbar zu massiven Konflikten in seiner Partnerschaft geführt haben.«
L. L. war hereingekommen und hatte schweigend seinen Fensterposten wieder eingenommen.
»Es gibt Streit zwischen Dominik und Philipp«, fuhr Sina fort, »und zwar so massiv, daß auch andere es mitbekommen. Zudem geht das Geschäft im Reisebüro schlecht. Was ebenfalls in der Szene allgemein bekannt ist. Eigentlich müßte das Geld knapp sein. Trotzdem wirft Philipp auffällig damit um sich.« Sie wiegte bedenklich ihren Kopf. »Irgend etwas paßt da überhaupt nicht zusammen. Lauter falsche Enden.«
»Woher haben Sie diese Informationen?«
Sina gab eine knappe Zusammenfassung von Carlos Undercover-Tätigkeit. »Auf den ist hundertpro Verlaß. Carlo hört das Gras wachsen, wenn er die Ohren spitzt. Sozusagen die beste freiberufliche Spürnase links der Isar.«
Alle schwiegen.
»Und die widerlichen Kinderpornos in Papas Tresor?« Nathalie biß sich auf die Lippen. »Wie passen die ins Bild? Glauben Sie, die sind aus Dominiks Bestand sichergestellt? Ich hätte gute Lust, hinzugehen und ihn direkt zu fragen!«
»Warten Sie damit lieber noch eine Weile!« sagte L. L. »Bis sich unser Bild abgerundet hat und Ihre finanzielle Strategie steht. Jetzt ist vorrangig, daß wir Ihr Alibi festgezurrt haben. Damit sind Sie erst einmal aus der Schußlinie.« Er klopfte mit den Fingerspitzen gegeneinander. »Ich hab' Ihrem Kunden gerade eben

ordentlich eingeheizt, ihm aber gleichzeitig zugesichert, daß er außen vor bleibt. Mann-o-Mann, der hat vielleicht Schiß, daß sein heimliches Zweitleben auffliegt!«

»Das haben sie alle«, sagte Nathalie Eschenborn halblaut. »Aber sie kommen trotzdem immer wieder. Manche jahrelang. Wie unter Zwang.«

Die Augen hatten sich verdunkelt. Ihre Miene war undurchdringlich geworden. Auf einmal schien sie sich in eine ganz andere Frau verwandelt zu haben, hart, zynisch.

Sina ließ sie nicht aus den Augen. Die ganze Zeit über hast du brav mitgespielt, dachte sie. Jetzt aber hat sich deine innere Tapetentür aufgetan, und du bist wieder hinter den Spiegeln verschwunden. Irgend jemand muß dir sehr weh getan haben. Konsequent, und wahrscheinlich schon sehr, sehr früh.

»Wir sollten uns bald wegen der Stiftungsangelegenheit zusammensetzen«, sagte sie laut. »Ich bin fast durch, muß mich aber wegen ein paar Punkten noch bei Hanne rückversichern. Noch nicht ganz ausgereift, aber es gibt da schon eine Idee, wie wir die testamentarischen Ansprüche Ihres Bruders befriedigen könnten, ohne allzu große Löcher zu reißen. Ich rufe Sie an, ja?«

»Danke«, sagte Nathalie Eschenborn. Es klang ein bißchen vage und nicht sehr beteiligt. »Danke für alles.« Sie bemühte sich zu lächeln.

»Und ich klopf' erst einmal Engl weich«, sagte L. L. in aller Bescheidenheit. »Der wird Augen machen!«

Sein Grinsen wurde breiter. »Und dann auch noch ein wasserfestes Alibi aus den eigenen Kreisen! Wer könnte sich der Schlagkraft solcher Argumentation schon dauerhaft entziehen? Unser Oberstaatsanwalt bestimmt nicht!«

»Da war eben ein Anruf für Sie, Frau Teufel. Während der Besprechung.« Arno Rebell starrte auf seinen gelben Notizzettel. »Miese Verbindung. Nur Rauschen und Knacksen in der Leitung. Klang wie aus Übersee. War aber wohl nur aus den neuen Bundesländern. Ein Herr Mauro oder so.«
»Mauro? Kenn ich nicht!« Sie überlegte fieberhaft. »Was wollte er denn?«
»Könnte auch Maucher gewesen sein.«
»Nie gehört. Maurer vielleicht? Winnie Maurer – war das der Name?« Sinas Herz schlug hart gegen die Rippen. Pits Freund hatte vergeblich versucht, sie zu erreichen. Dann war doch etwas passiert und Kindsmutter Monika nicht die hysterische Ziege, zu der sie sie vorschnell abgestempelt hatte! »Was hat er gesagt? Von wo aus hat er angerufen?«
»Ich hab ihn kaum verstanden. Maurer könnte sein. Er hat was von Rostock gesagt.«
»Rostock? Ich denke, die sind in Magdeburg!«
»Nee, es war Rostock, da bin ich mir ganz sicher. Ich soll Ihnen ausrichten, die Spur ist heiß. Brandheiß! Und Sie sollen bitte noch etwas Geduld haben. Und sich vor allem keine Sorgen machen. Alles soweit okay. Pit meldet sich bei Ihnen, sobald er kann.«

»Und weiter?«
»Finito.« Arno Rebell warf seinen blonden Pferdeschwanz nach hinten. »Tut mir leid. Aber mehr war nicht.«
Ein ungutes Gefühl blieb in ihr zurück. Unschlüssig drehte Sina den Zettel hin und her.
»Konferenz beendet? Dann können wir ja endlich los!«
Hanne kam aus ihrem Büro gerannt und klapperte ungeduldig mit den Autoschlüsseln. Sie hatten eine gemeinschaftliche Inspektion der Wohnung vor, die sie in wenigen Wochen mit Bill beziehen wollte. Seit letzter Woche schoben sie diesen Termin von einem Tag zum nächsten. Heute jedoch gab es kein Entrinnen mehr. Hannes Miene verriet, daß sie nicht gewillt war, neuerliche Ausreden zu akzeptieren.
Seufzend angelte Sina nach ihrer Handtasche.

»Und – was sagst du?«
Sinas Blick wanderte vier Stockwerke nach oben, auf die findige Planer ein fünftes geklotzt hatten. Hellgelber Putz, Stuckfenster, eine prächtige, nagelneue Haustür. »Hochgeblasen« würden ihre Mandantinnen, die »Megaron«-Architektinnen, ein solches Anwesen nennen. Und doppelt kritisch bei der Beurteilung sein.
»Schön zentral gelegen«, begann sie vorsichtig.
»Was heißt ›zentral‹?« Hannes intelligentes Fuchsgesicht rötete sich. »Einfach traumhaft! Du bist in ein

paar Minuten am Sendlinger Tor, und zum Viktualienmarkt ist es auch nur ein Katzensprung.«
Sina verkniff sich die häßliche, aber wahre Bemerkung, daß die Preise auf Münchens berühmtestem Frischmarkt hoffnungslos überhöht seien, Hannes Sparsamkeit dagegen sprichwörtlich sei. Jedenfalls konnte sie sich ihre Sozia nur schwerlich als zufriedene Kundin jener Standl-Besitzer vorstellen, die imstande waren, Erdbeeren zu halbieren und für den doppelten Preis zu verkaufen.
Ungefähr in Kopfhöhe entdeckte sie einen breiten weißen Streifen. Salzausblühung, dachte sie. Na wunderbar! Kann verdammt teuer für die Eigentümergemeinschaft werden.
»Laß uns erst mal reingehen«, schlug sie vor.
Ein aufwendig renoviertes Treppenhaus. Jugendstil-Geländer, neu lackiert. Bequeme Stiegen. Trotzdem blieben es fünf Stockwerke.
»Kein Lift – und das bei diesem Quadratmeterpreis?« Prustend blieb Sina im vierten Obergeschoß stehen.
»Bill meint, auf diese Weise bleiben wir länger fit«, keuchte Hanne.
»Und er schleppt dann auch eigenhändig Tag für Tag die Einkäufe rauf, ja?«
»Er trägt mehr zum Haushalt bei, als du vielleicht glaubst.« Hannes Ton war reserviert.
Darauf hätte Sina aus eigener Beobachtung eine Menge antworten können, aber sie zog es vor, den Mund zu halten.

Ein Handwerkertrupp war dabei, das Parkett im Wohnzimmer abzuschleifen. Es war unerträglich heiß unter dem Dach; Staubwolken tanzten träge. Den Männern lief der Schweiß in Strömen. Dutzende von Wasser- und Bierflaschen standen herum.
Sie versuchten den Lärm zu ignorieren und besichtigten zunächst die anderen Räume. Das Bad war groß und hell, das Schlafzimmer kuschelig. Es gab zwei weitere Zimmer und eine hübsche, verwinkelte Küche. Nichts, wogegen sich auf Anhieb etwas einwenden ließ.
»Ein Traum, oder? Und erst der Dachgarten! Da kannst du deine windige Terrasse komplett vergessen!«
Sina unterließ die Bemerkung, wie sehr Hanne immer an ihrem kleinen Garten gehangen habe. Ganz zu schweigen von Taifuns Bedürfnissen, der ihn als häufiger Pensionsgast mindestens ebenso zu schätzen gelernt hatte.
Plötzlich schwiegen die Maschinen.
»Machen Mittag«, lachte ein bärtiger Bodenleger, Tscheche wie die übrigen. Dementsprechend niedrig würden die Stundenlöhne ausfallen. »Essen und kommen in halbe Stunde wieder.«
Hanne zog Sina in den großen Raum, der an seiner höchsten Stelle fünf Meter hoch war.
»Und? Jetzt biste platt, oder?«
Sinas Unbehagen verstärkte sich. Und plötzlich wußte sie, weshalb.
Es gab eine riesige Glasfront, die den Raum zum Dachgarten hin abschloß. Sina ging langsam zur Tür und

öffnete sie. Schloß sie wieder. Der Metallrahmen hatte sich verzogen. Ein fingerdicker Spalt klaffte.
»Bill meint, wir sollten gleich eine neue Tür bestellen. Aber ich bin dafür, es erst einmal mit Reparieren zu versuchen. Geht ohnehin alles ganz schön ins Geld! Aber es lohnt sich, findest du nicht?«
Sina blieb stumm.
»Es lohnt sich, oder?« Hannes Ton war unsicher geworden. »Sag was! Sag sofort was!«
»Gut, ich sag was. Willst du wirklich wissen, was ich denke? Laß die Finger von der Wohnung – und zwar sofort!«
»Wieso das denn?« Eine steile Falte stand zwischen Hannes rötlichen Brauen. »Gefällt sie dir etwa nicht?«
»Das hier ist Westseite, meine Liebe! Wetterseite! Der Dachgarten ist zur Westseite ausgerichtet, klarer Planungsfehler, wenn du mich fragst, und das bedeutet nichts als Ärger. Jetzt klafft nur die Tür, und zwar ordentlich, irgendwann aber sind es die Fugen, und wenig später ist eine Komplettsanierung nötig. Übrigens nicht der einzige Baumangel in diesem Gemäuer.« Sie zählte auf, was ihr sonst noch alles aufgefallen war, und schloß mit der Salzausblühung im Treppenhaus. »Wenn du ganz auf Nummer Sicher gehen willst, brauchst du einen Gutachter. Zumindest könnten wir die ›Megaron‹-Mädels einschalten. Aber die werden dir vermutlich auch nichts anderes sagen.«
Erstaunlicherweise schien Hanne nicht am Boden zerstört. Ja, es kam Sina sogar vor, als wäre sie so ent-

spannt wie schon lange nicht mehr. Ein kleines Lächeln umspielte ihre Lippen.
»Ist das wirklich dein Ernst? Und kein Ausfluß deiner Antipathie gegen Bill?«
»Mein allerheiligster Ernst. Und gegen deinen Herzbuben hab' ich nichts, solange er dich anständig behandelt. Ich möchte nur nicht, daß du dich unglücklich machst. Und das wirst du, wenn du dieses Monstrum hier erwirbst.«
»Gut.« Hanne wirkte befriedigt. »Was rätst du mir?«
»Du hast bereits einen Batzen anbezahlt?«
Hanne nickte. »Dreißigtausend. Quasi als Reservierung. Der Rest soll nächsten Monat nach Abschluß des notariellen Vertrages folgen. Die Finanzierung ist auch schon geregelt.«
»Dann blas die Sache ab, auch bei deiner Bank, und danke allen Schutzgeistern, daß sie dich vor bleibendem Schaden bewahrt haben. Und dann sieh dich in aller Ruhe nach etwas anderem um. Solider und mehr auf deine Bedürfnisse zugeschnitten. Das heißt ja nicht, daß du nicht mit Bill eine neue Wohnung beziehen sollst. Nur eben anderswo.«
»Und wenn sie Zicken machen?«
»Dann bügeln wir sie nieder. Gemeinschaftlich. Ohne notariellen Vertrag dürfte es keine allzu große Schwierigkeit sein, dich aus dieser Vereinbarung rauszuboxen.« Sina schaute ihre Sozia prüfend an. »Wieso willst du eigentlich dein Hexenhäuschen verlassen? Den wahren Grund, wenn ich bitten darf!«
»Will ich ja eigentlich gar nicht.« Hanne grinste ver-

schmitzt. »Bill hat so lange gebohrt, bis ich schwach geworden bin. Eigentlich bin ich sogar ziemlich froh, daß ich jetzt wohnen bleiben muß. Erstens hasse ich Umzüge. Zweitens Penthäuser. Am allermeisten aber Westseiten.«
Beide brachen in lautes Gelächter aus.
»Und Bill, der Umzugswütige?« fragte Sina, als sie sich wieder einigermaßen beruhigt hatten. »Meinst du, er flippt aus, wenn du es ihm erzählst?«
»Ja«, sagte Hanne und wischte sich die Lachtränen aus den Augen. »Kannste drauf wetten, das wird er.«
Sie sah plötzlich ganz bedenklich aus. Dann kehrte der Schalk in ihre graugrünen Augen zurück. »Aber ich hab' da eine Idee, wie ich ihn wieder zur Räson bringe.«
»Und wie?«
»Verrat' ich dir erst, wenn's funktioniert hat!«

13

»La Mer« nannte sich das Etablissement und war mit schweren, dunkelblauen Teppichen, wulstigen Neo-Barockspiegeln und Porzellanzierat bis an die Grenze des Erträglichen dekoriert. Kristallüster. Blütenweiße Tischdecken. Hier atmete jeder Quadratzentimeter Großspurigkeit. Die ideale Kulisse für alle mit der Devise: mehr Scheinen als Sein.

Sina klappte die Speisekarte schnell wieder zu. Der erste Eindruck hatte nicht getäuscht. Die Polster, in die man ohne Vorwarnung versank, waren zu weich, der Manhattan, den sie als Aperitif bestellt hatte, war lieblos zusammengepanscht. An Orte wie diese sollte nur zum Speisen kommen, wer sich über Geld keine ernsthaften Gedanken machen mußte – wozu Theo eindeutig nicht gehörte. Typisch für ihn, daß er dennoch ausgerechnet auf dieses Restaurant verfallen war.

Ihre Hände waren klamm. Der Puls ging schnell. Sina verzog den Mund zu einem schiefen Lächeln. Es machte wenig Sinn, sich weiterhin mit philosophischen Betrachtungen abzulenken.

Sie war total nervös. Dreimal hatte sie sich vor dieser Verabredung umgezogen. Und noch immer fühlte sie sich wie bei einer wichtigen Prüfung. Würde sie bestehen?

Wie war sie, diese Frau, mit der ihr Vater seinen Lebensabend verbringen wollte? Sympathisch? Berechnend? Warmherzig? Durchtrieben? Was an dieser Melissa hatte ihn dazu gebracht, sein bisheriges Daseinskonzept über den Haufen zu werfen?
In den letzten Jahren hatten große Pausen zwischen den Begegnungen von Vater und Tochter gelegen, auf beiderseitigen Wunsch, auch wenn sie es nie ausgesprochen hatten. Sie wußten nicht mehr viel voneinander; jeder führte sein eigenes Leben. Folglich konnte es ihr eigentlich egal sein. Aber genau das war es nicht. Theos bevorstehende Hochzeit beschäftigte Sina seit Tagen mehr, als ihr lieb war.
Schließlich war sie in ihren schwarzen Overall geschlüpft, der sich auch bei Hitze kühl und seidig auf der Haut anfühlte, und hatte aus einem Anflug von Trotz Mamas lange Perlenschnur umgelegt. Eines der wenigen Schmuckstücke aus Familienbesitz, das Papas finanzielle Berg- und Talfahrten überlebt hatte. Wenn sie schon nicht rauchte – was sie sich für heute abend strikt vorgenommen hatte –, gab es wenigstens etwas, womit sie ihre unruhigen Hände beschäftigen konnte.
Natürlich waren sie unpünktlich. Theo war immer unpünktlich, und Melissa würde lernen müssen, damit zu leben. Wann in seinem Leben war T. V. Teufel schon einmal zur verabredeten Zeit erschienen?
Nur ein Drittel der Tische war besetzt. Leises Stimmengewirr erfüllte den Raum. Künstliche Korallenarme in Rot und Rosé erschwerten die Sicht und bilde-

ten in ihrem gnadenlosen Kitsch einen beinahe schon wohltuenden Kontrast zu der überall sonst angestrebten Seriosität.
Sina begann sich allmählich zu entspannen. Plötzlich war sie froh, daß sie ohne Begleitschutz war. Carlo, ihre erste Wahl, hatte sich schlichtweg geweigert, mitzukommen.
»Du bist längst alt genug, meine Schöne, um allein mit deinem Erzeuger fertig zu werden. Vielleicht schafft ihr es ja endlich, mit den kindischen Spielchen aufzuhören, mit denen ihr euch immer noch quält. Das gehört auch zum Erwachsenwerden!«
In einem Panikanfall hatte sie sich an Friederike gewandt. Nun schon beinahe ein Jahr erfolgreich im Kampf gegen ihren alten Todfeind Alkohol, besaß die Freundin genug beißenden Humor, um auch die peinlichste Familienkiste zu entschärfen. Aber sie hatte ebenfalls in letzter Minute abgesagt.
»Nicht böse sein, Sina, aber ich bin zur Zeit als Mutter schwer gefordert. Anke schwört Stein und Bein, sie könne nur noch einschlafen, wenn ich ihre Hand halte. Nachts schreckt sie hoch, rüttelt mich wach und verlangt, ich solle sie auf der Stelle über die Zivilprozeßordnung abfragen. Anstelle von Frühstück gibt's bei uns Rechnungswesen, Eilschrift und ähnliches Brimborium. Zum Glück nur noch vier Tage – dann ist dieser Terror vorbei! Ich werde meine faule Tochter zurückhaben und du eine frischgebackene Rechtsanwaltsgehilfin. Du schaffst es sicher auch ohne mich! Blendend sogar!«

Jetzt waren sie da. T. V. Teufel geleitete seine Zukünftige kavaliersmäßig die Treppe hinunter. Er begann loszureden, bevor er auch nur in die Nähe des Tisches gekommen war.

»Kein Taxi weit und breit – München ist wie durchgedreht! Schließlich sind wir einfach zu Fuß gegangen, vom Odeonsplatz bis hierher. Nicht übel für unser Alter, oder? ... Wartest du schon lange, *Sina*?«

Wie gebannt starrte er auf die Perlenkette.

»Ein paar Minuten.« Sie registrierte sein Bemühen und nahm sich vor, ebenfalls freundlich zu sein. Mal sehen, wie lange es gutgehen würde. Sie raffte sich zu einem Lächeln auf. »Schön, daß ihr da seid.«

»Gut.« Er wirkte erleichtert. »Melissa, das ist meine Tochter Sina. Sina, darf ich dir Melissa de Seijo vorstellen? Die Zauberfee, die mein Leben von Grund auf verändert hat.«

Sie gaben sich die Hand. Melissas war klein und zupackend. An ihrem linken Ringfinger blitzte ein Diamant.

»Willkommen in München! Ich hoffe, Sie hatten einen schönen Tag.«

»Freut mich ganz besonders, daß Sie es heute abend doch noch einrichten konnten.« Vielsagendes Lächeln. »Ich habe schon gehört, daß es nicht einfach gewesen ist.«

Sie trug ihr Haar länger als auf dem Foto und hatte erstaunte, braune Augen. In ihrem roten Kleid mit der Stickerei um Halsausschnitt und Saum wirkte sie sehr

spanisch. Sogar ihr Deutsch klang ein bißchen eingerostet.
Sie lachte, als Sina sie darauf ansprach.
»Damit sind Sie nicht allein! Meine Söhne behaupten immer, ich sei die einzig echte Spanierin in der ganzen Familie. Dabei bin ich mitten in Gladbach geboren! Sie müssen die ganze Bande ganz bald kennenlernen! Vielleicht kommen Sie ja noch vor der Hochzeit zu uns und machen ein paar Tage Urlaub auf Mallorca? Das würde Ihnen bestimmt guttun, so gestreßt, wie Sie sind!«
Beifallheischend suchte sie Theos Blick. Der verzog vorsichtshalber keine Miene und tat, als brüte er über der Weinkarte.
»Nette Idee, aber im Augenblick wohl nichts für mich«, sagte Sina. »Ich stecke bis zum Hals in Arbeit. Und es sieht nicht so aus, als ob sich das bald ändern würde. Irgendwann einmal – vielleicht.«
Melissas Lächeln erstarb. Theo wechselte rasch das Thema.
Der Kellner kam. Wie abgesprochen bestellten alle drei äußerst zurückhaltend, wohl nicht nur aufgrund der abendlichen Schwüle. Die unausgesprochene Frage, wer am Schluß die Rechnung übernehmen würde, hing wie ein Damoklesschwert über dem Tisch.
Theo plauderte entschlossen über alle Pausen hinweg. Er wählte lange und umständlich und entschloß sich schließlich für eine Flasche weißen Bordeaux.
Inzwischen stand schon das Amuse Gueule vor ih-

nen, Thunfischmousse, zu mächtig für einen stickigen Sommerabend. Sina schob es nach dem ersten Bissen beiseite. Melissa registrierte jede ihrer Bewegungen.

»Schmeckt es Ihnen nicht?«

»Aber natürlich schmeckt es ihr!« rief Theo, bevor sie etwas anderes behaupten konnte. »Ist doch ganz wunderbar, nicht wahr, mein Liebes?«

Sina spürte, wie das aufgesetzte Dauerlächeln ihre Mundwinkel verkrampfte. Dabei hatte der Abend kaum begonnen! Wenn sie bis zum bitteren Ende durchhalten wollte, brauchte sie dringend ein paar Minuten für sich allein.

»Entschuldigt mich bitte einen Augenblick. Bin gleich wieder da.«

Der Weg zur Toilette, einzig möglicher Fluchtpunkt, führte sie an einem Tisch vorbei, an dem zwei Männer saßen. Aus den Augenwinkeln sah sie zunächst die weißen Handschuhe. Dann erst das hübsche, verdrossene Männergesicht.

Dominik Eschenborn!

Den anderen kannte sie nur aus den Unterlagen des Detektivs. Philipp Spieker. Der Mann, der zuviel Geld ausgab.

Gebratene Wachtel auf Pilzsalat. Eintopf von Hummer und Seezunge, Loup de mer in Champagnersauce mit weißen Spargeln. Carlo, der kritische Gourmet, hätte längst ein vernichtendes Urteil gefällt. Die Portionen waren winzig, die Qualität bestenfalls leidlich. Auch

in der Küche regierte offenbar die Maxime des schönen Scheins. Doch keiner der drei schien Lust zu verspüren, daran zu rühren.
Theo war in die Rolle des Unterhalters geschlüpft, parlierte, riß Witzchen um Witzchen und schlug verbale Pfauenräder. Er schien entschlossen, sich an jedes Quentchen Frohsinn zu klammern. Melissas Lachen perlte genau an den falschen Stellen.
Sina schielte unauffällig auf die Uhr. Ihr Gesicht glühte, und innerlich fraß rasende Ungeduld an ihr. Das lag nicht am Wein, dem sie in winzigen Schlückchen zusprach, um der Peinlichkeit einer eventuellen Nachbestellung zu entgehen.
Die Jägerin in ihr war erwacht. Ohren gespitzt. Antennen weit ausgefahren. Mit allen Sinnen versuchte sie, soviel wie möglich von dem mitzubekommen, was ein paar Tische weiter lief.
Nathalies Bruder hatte sie im Vorübergehen sehr wohl erkannt, es jedoch ihr überlassen, sein unmerkliches Nicken wahlweise als Gruß oder Ungezogenheit zu interpretieren. Er wußte, daß sie ganz in der Nähe saß, tat aber cool oder gleichgültig und drehte sich kein einziges Mal um. Sein breiter Rücken in einem dunkelblauen Hemd und die platinblonde Mähne waren alles, was sie von ihm zu sehen bekam.
Dafür hatte sie den anderen gut im Blick. Und der *schaute* immer wieder zu ihr herüber.
Neugierig. Taxierend. Abschätzig.
Ein hübsches Raubtiergesicht mit tiefliegenden, un-

steten Augen. Dunkle, geölte Haare. Der Mund war klein und rot wie der eines Mädchens. Sein linkes Lid zuckte.
Er rauchte dünne Zigarillos.
Sie hatten sich wacker durch das Menü gegessen. Gänseleber, Kraftbrühe, Zander, Sorbet, Kalbsfilet. Nur das Dessert stand noch aus. Dazu war reichlich Alkohol geflossen, zwei Flaschen Champagner und der teuerste Weißwein auf der Karte, Gevrey Chambertin 1er Cru.
Jetzt bestellten sie Wodka. Und behielten gleich die ganze Flasche am Tisch.
Zoff lag in der Luft.
Sina erkannte es an Eschenborns Gestik, die immer dramatischer geriet, und an der Stimme seines Gegenübers, die ins Schrille umzukippen drohte. Unüberhörbar fränkischer Einschlag mit butterweichen Konsonanten und dem Tick, alle Worte auf der ersten Silbe zu betonen.
»Das muß ich mir nicht bieten lassen!« Es klang wie »bied'n«. »So haben wir nicht geweddet, mein Bester! Mach endlich was! Werd aggtiv! Ich habe keine Lust, noch mehr Zeit zu vertrödeln.«
Leider konnte sie nicht verstehen, was Wolf-Dominik darauf erwiderte. Es schien nichts Freundliches zu sein.
Spiekers Miene verdüsterte sich. Bevor noch der Kellner herbeieilen konnte, angelte er eigenhändig nach der Wodkaflasche und goß sich so schwungvoll ein, daß der halbe Tisch unter Alkohol stand.

Dominik gab ihm einen Klaps auf die Hand wie einem ungezogenen Kind.
Spieker lief rot an und fletschte die Zähne. Eschenborn bellte zurück. Würden sie im nächsten Augenblick die Stühle umwerfen und mitten im Lokal eine Schlägerei beginnen?
Die Dessertteller wurden serviert, und Sinas Sicht war versperrt. Als der Ober abzog, schienen die Herren sich beruhigt zu haben.
Theo schwadronierte schon eine ganze Weile über den Ablauf der anstehenden Hochzeitsfeierlichkeiten. Plötzlich hielt er inne.
»Hörst du überhaupt noch zu? Man hat ja beinahe das Gefühl, gegen eine Wand zu reden!«
»Kommt ein bißchen überraschend, dein brennendes Interesse an Trauringen und Hochzeitstorten«, erwiderte sie scharf und äugte wieder hinüber. Sie hatte sich getäuscht. Offenbar ging drüben der Streit doch weiter. Allerdings in gedämpfter Stimmlage. Leider war es unmöglich, ein einziges Wort zu verstehen. »Da darfst du dich nicht wundern, wenn ich nicht so enthusiastisch darauf reagiere.«
Er schwieg gekränkt. Melissa tätschelte seine Hand.
»Jetzt haben Sie ihn verletzt.« Ihr Tonfall verfiel ins Pädagogische. »Dabei wollten Sie das sicherlich gar nicht. Und ihm liegt so viel an Ihnen! Spüren Sie denn nicht, Sina, wie wichtig es ihm ist, daß Sie dabei sind?«
»Melissa, bitte!«
Theo sah aus, als ob er sich tatsächlich schämte. Mein

Gott, die hatte ihn vielleicht im Griff! Ihr Vater als Schoßhündchen? Gräßliche Vorstellung! Da war Sina ja beinahe der weiberverachtende Filou noch lieber gewesen, den er so viele Jahre gespielt hatte!
»Schon gut, Theo, laß nur! Ich sag' jetzt einfach, was ich fühle. Und das solltest du auch! Sonst bekommst du anschließend Magenkrämpfe. Und liegst die ganze Nacht wieder wach.«
Und jetzt auch noch die Krankenschwester-Nummer! Höchste Zeit, für einen kleinen Denkzettel, fand Sina. Sie lächelte maliziös.
»Unsere Familienbeziehungen, Frau de Seijo, sind für Außenstehende vielleicht ein bißchen kompliziert. Aber ich kann Ihnen versichern, daß ...«
Jetzt klirrte es.
»Du Schwein! Bist du wahnsinnig geworden?«
Alle Köpfe flogen herum.
Dominik Eschenborn stand langsam auf. Von seiner Brust troff weiße Schokomousse.
Philipp Spieker saß auf seinem Stuhl wie festgeeist. Nur die Backenknochen mahlten.

»Und weiter? Was dann? Spann mich nicht so auf die Folter!« Carlo, dem sie soeben die Szene geschildert hatte, brannte auf die Fortsetzung. Nach dem Abschied von Theo und Melissa war sie gleich ins »Adria« gefahren, wo er auf sie wartete. Obwohl es schon nach Mitternacht war, pulsierte der Verkehr auf der Leopoldstraße, und die Kneipen und Restaurants waren brechend voll.

»Eschenborn ist rausspaziert, verschmiert und verklebt, wie er war, ohne sich die feinen Handschuhe schmutzig zu machen, und hat ihn einfach sitzenlassen. Der hat vielleicht ein saures Gesicht gemacht, als der Ober kam und er die vielen blauen Scheinchen aus der Brieftasche ziehen mußte! Ich bin ganz sicher, die Sache hat noch ein Nachspiel, so, wie die beiden sich zuvor schon angeblökt haben.«

»Vielleicht kloppen sie sich erst, wenn sie zu Hause sind. Oder Auftritte dieser Art gehören zu ihrem Stil, wer weiß? Interessant vor allem ist: Woher stammt das Geld, um so fein auszugehen? Aus dem Ertrag des Reisebüros wohl kaum. Diese allseits bekannte Spesenritterburg gehört preislich ja nicht gerade zu den Pizzabuden.«

Sina nahm einen Schluck.

»Du sprichst ein wahres Wort gelassen aus«, sagte sie. »Theo ist ganz blaß um die Nase geworden, als es ans Bezahlen ging. Ich hab' mir die Nase gepudert und so getan, als ginge mich die ganze Sache rein nichts an. Er hat erst wieder Farbe bekommen, als seine Verlobte endlich ihre Golden Card gezückt hat. Zögerlich, aber immerhin. Seitdem weiß ich, wie der Hase läuft: Melissa hat die Kohle, und folglich bestimmt Melissa, was gemacht wird.«

Carlo sah sie sehr nachdenklich an.

»Du nimmst deinem Vater diese späte Liebe sehr übel, oder?« Er hatte diesen verräterisch freundlichen Blick, wie immer, wenn er etwas genau wissen wollte.

»Übel? Wieso? Überhaupt nicht! Der kann doch tun und lassen, was er will!«
»Ich dachte nur so. Klingt nicht besonders freundlich, was du über die Dame losläßt. Und dein Vater kommt auch nicht besonders gut dabei weg.«
»Hör mal, bist du eigentlich auf meiner Seite, oder was? Ich hab' mit Theo schon genug mitgemacht!«
»Und was hindert dich dann daran, dich endlich mit ihm zu versöhnen? Anstatt immer wieder in diesen alten Geschichten zu wühlen, bis es richtig weh tut?«
»Carlo, bitte ...«
»Ich glaube, ich weiß ganz gut, was du meinst! Die Resultate hab ich nämlich jeden Tag in meiner Praxis. In diesem Land werden Kinder nicht nur körperlich gequält. Es gibt eine Menge andere, subtilere Methoden, kleine Psychen brutal zu mißhandeln. Du hast sicherlich recht, und Theo war ein miserabler Ehemann und ein lausiger Vater. Aber das ist vorbei, Sina! Jetzt bist du erwachsen und, bei all deinen Macken, ganz schön lebenstüchtig geraten, findest du nicht?«
Sie machte eine abwehrende Handbewegung. Er ließ sich nicht abbringen.
»Warum kannst du nicht ein bißchen großzügig sein – und dadurch vor allem dich selbst entlasten? Soll er doch glücklich werden mit seiner Melissa und ihrer Familienpension! Laß ihn spießig Hochzeit feiern, wenn er den Wunsch danach verspürt! Oder meinst du etwa, du seist es deiner verstorbenen Mutter schul-

dig, ihn bis zum Ende deiner Tage weiterzuhassen? Und dabei selbst immer unglücklicher zu werden?«
»Quatsch!«
»Ach, findest du?« Sein Ton war blanke Unschuld, selbst wenn man genau hinhörte. »Findest du wirklich?«

Immer noch halb sauer, halb betroffen wegen Carlos Unterstellungen und gleichzeitig ziemlich durcheinander über ihr eigenes Gefühlschaos, schloß Sina die Wohnungstür auf. Besonders was er über sie und ihre Mutter gesagt hatte, ging ihr nach.
Hatte er recht? Und wenn ja, wieso hörten diese Familien-Endlos-Geschichten eigentlich nie auf?
Taifun erhob sich aus seiner Schlafmulde, streckte sich herzhaft und kletterte den Katzenbaum herunter, um sich zur Begrüßung an ihren Beinen zu reiben. Sie streichelte ihn zerstreut.
Obwohl den ganzen Tag über alle Fenster gekippt waren, empfand sie die Schwüle in den Räumen als unerträglich. Die ganze Wohnung wirkte merkwürdig unbelebt. Man spürte deutlich, daß sie zur Zeit vor allem als Schlafplatz diente. Sie ging ins Bad, legte den Schmuck ab, zog Overall und Body aus und nahm eine kurze, kalte Dusche. Ohne sich richtig abzutrocknen, legte sie ein großes Badetuch unter und setzte sich auf die noch immer warmen Fliesen der Dachterrasse.
Der Himmel über München war ausnahmsweise klar

und prunkte mit glitzernden, sommerlichen Sternen, eine Seltenheit in der sonst smoggeschädigten Großstadt. Eine leichte Brise strich über ihre nackte Haut. Sie spürte, wie alle Körperhärchen sich aufrichteten.
»Ein einzig Wesen fehlet, und alles ist dir leer ...«
Wie wahr, dachte Sina, wie ungeheuer wahr! Redford hatte irgendwann einmal diesen Satz zitiert. Damals hatte sie ihn ausgelacht und unverarbeiteter, spätpubertärer Romantizismen bezichtigt. Heute klangen diese sehnsuchtsvollen Worte wie ein Lied in ihr nach.
Den ganzen Abend schon waren ihre Gedanken bei ihm gewesen. Das Kribbeln in der Magengrube intensivierte sich. Sie sah das feine Netz der Fältchen vor sich, die hellen Augen, die schmalen, festen Lippen. Ihr Verlangen nach seiner Nähe, seiner Haut, seinem leicht bitteren Geruch, der sie an frisches Holz und Blätter erinnerte, wurde beinahe unerträglich.
Sina schloß die Augen und lauschte in sich hinein. Zwei Tage waren seit Winnie Maurers Anruf verstrichen; drei, seitdem Monika wütend aufgelegt hatte. Das Warten auf eine Nachricht von ihm zermürbte sie.
So konnte es nicht weitergehen. Irgend etwas mußte geschehen.
Plötzlich wußte sie, was zu tun war. Morgen würde sie als erstes alles Notwendige dafür in die Wege leiten.
Sie stand auf, eine Spur zuversichtlicher und nahezu getröstet, und wischte sich die letzten Tröpfchen vom

Körper. Sie wollte gerade die Tür schließen, da schoß Taifun als schwarzer, geschmeidiger Schatten an ihr vorbei und setzte mit einem Sprung auf den nächsten Dachfirst.

Der nächste Satz. Dann hatte die Nacht ihn verschluckt.

14

Keine zwei Tage, und Sinas Plan war sauber konstruiert und reif für die Durchführung. Am liebsten hätte sie sich selbst in ihr Cabrio gesetzt und wäre auf der Stelle gen Osten gebraust. Aber das war trotz langem Hin- und Herüberlegen nicht drin.
Ein vertrackter Prozeß machte sie unabkömmlich. Sie konnte München im Augenblick nicht verlassen. Deshalb schickte sie Arno Rebell nach Leipzig. In Friederikes altem, generalüberholtem Golf.
Ausgestattet mit der Kanzleiadresse und der Telefonnummer zweier Kollegen, die ihr anwaltliches Glück in den neuen Bundesländern gefunden hatten – in Leipzig der eine, in Rostock der andere –, sollte er zu Winnie Maurer fahren. Und notfalls seine Wohnung belagern. Die einzige Möglichkeit überhaupt, herauszufinden, was Redford zugestoßen sein konnte.
Sie hegte nicht die Illusion, Arnos Mission könnte einfach werden. Seit vergangener Woche hatte sie weder von Redford noch von seinem Freund auch nur ein Sterbenswörtchen gehört. Kein Anruf, nicht eine einzige Zeile. Der Karren steckte im Dreck, das stand für sie fest. Die Frage war nur, wie tief.
Um das abzuklären, mußte man vor Ort recherchieren. Kein Mensch würde einer fremden Anruferin aus dem Westen Einzelheiten preisgeben, vor allem dann

nicht, wenn sie vielleicht gefährlich oder belastend waren.
Aber Menschen verschwanden in der Regel nicht sang- und klanglos. Maurer lebte schon seit Jahren in Leipzig. Er hatte eine Exfrau, einen beinahe erwachsenen Sohn, eine Werkstatt, in der andere Schreiner arbeiteten, Nachbarn, Freunde, einen Stammtisch. Irgend jemand würde etwas gehört haben, selbst wenn es nur eine Andeutung gewesen war. Und damit hatte sie womöglich die Spur, nach der sie suchte – alles besser als dieses klägliche, nervenzermürbende Warten, das sie von Tag zu Tag immer weniger ertrug.
Bevor sich der pfiffige Student der Physik auf den Weg machte, mit reichlich Bargeld und einer Vielzahl Bitten und Ermahnungen ausgestattet – Vorsichtig sein! Lieber einmal zuviel anrufen und nachfragen! Kein vermeidbares Risiko eingehen! –, hatte Sina mit sich gerungen, ob sie Monika nicht doch einweihen sollte. Und sich schließlich dagegen entschieden.
Sie hatte wenig Lust auf eine weitere Kostprobe ihres herben Charmes. Und was waren halbherzig geschlossene Zweckpakte zwischen feindlichen Parteien schon wert, die bei der nächstbesten Gelegenheit gebrochen wurden?
Redford würde immer Jennys Vater bleiben, daran konnte und wollte sie nicht rütteln. Aber er war schon lange nicht mehr der Liebhaber ihrer Mutter. Höchste Zeit, daß Monika Radmann sich an diesen Gedanken gewöhnte.
Er gehörte zu ihr. Ohne Wenn und Aber. Sina war

selbst ein wenig erstaunt über diese neue, kompromißlose Klarheit, die während der letzten Tage in ihr gereift war. Aber jetzt wußte sie genau, was sie wollte. Auch der phantastischste Kater der Welt war auf Dauer kein Ersatz für menschliches Miteinander. Sie brauchte Redford. So nah wie möglich. Sie hatte ihre einsame Wohnzelle gründlich satt. Und sie konnte sich ein gemeinsames Leben vorstellen – zum erstenmal seit langem.

Ihre Ängste davor, ihre Bedenken dagegen waren nicht verschwunden, aber leiser geworden. Auf einmal erschien ihr vieles machbar, was sie bislang für schwierig oder unüberwindbar gehalten hatte. Ganz im Ernst: Wieso sollten ausgerechnet sie es nicht versuchen? Mehr als scheitern konnten sie doch nicht! Und vielleicht klappte es sogar.

Sie konnte es kaum erwarten, Redford wiederzusehen. Voller Tatendrang schaute sie die Post durch.

Plötzlich stutzte sie.

»Da ist ein einzelner Brief ohne Akte«, sagte sie zu Marina König, die gerade mit einem Stapel Unterschriftenmappen zurück ins Sekretariat wollte. »Was ist mit dem?«

»Meinen Sie den ohne Marke? Den muß jemand durch den Briefschlitz gesteckt haben. Gestern abend oder heute ganz früh. Jedenfalls hab ich ihn gefunden, als ich heute morgen aufgeschlossen habe.«

An Sina persönlich adressiert. Als Absender war ein Postfach angegeben.

Sehr geehrte Frau Dr. Teufel,
haben Sie oder einer Ihrer Mandanten echtes Interesse an wichtigen Informationen im Mordfall Eschenborn?
Durch glückliche Umstände sehen wir uns in die Lage versetzt, Ihnen wertvolles Beweismaterial anbieten zu können: die Mordwaffe, nach der die Polizei vergeblich sucht.
Wie Sie sich vorstellen können, hat die Sache ihren Preis. Einen Preis, den sie voll und ganz wert ist.
Und: Wir müssen, bevor wir unser Material präsentieren, rückhaltlos davon überzeugt sein, daß es Ihnen wirklich ernst mit Ihrem Engagement ist.
Deshalb: Keine Polizei! Keine unsauberen Spielchen! Keine Tricks! Sonst blasen wir die Aktion augenblicklich wieder ab.
Details sollten wir besprechen, nachdem der erste Kontakt zwischen uns hergestellt ist. Als Zeichen Ihres Interesses und um eine solide Vertrauensbasis zwischen uns zu begründen, leisten Sie bitte eine Anzahlung von DM 10 000 in bar. Hundert 100-Mark-Scheine, unregistriert, in einem neutralen Umschlag, den Sie an das Postfach 10 99 88 A. Schmied, 80799 München leiten.
Sollte das Geld nicht bis zum 1. Juli eingegangen sein, verliert unser Angebot seine Gültigkeit.

Unterschrieben mit »ein Freund«.
Sina ließ den Brief sinken. Computerpapier. Nadeldrucker, gestochen scharf. Präzise, selbstbewußte For-

mulierungen. Ein unverschämter Unterton. Das klang nicht nach einem Trittbrettfahrer.
Der wußte, worum es ging.

Madame Dolores war eindeutig nicht ganz bei der Sache. Reiß dich zusammen, ermahnte sie sich selbst. Der merkt sonst noch was.
Aber ihre Gedanken flogen immer wieder davon.
Am liebsten hätte sie ihm heute ohnehin abgesagt. Aber er war ein Stammkunde, der gut zahlte. Und zudem wegen einer Geschäftsreise telefonisch nicht zu erreichen gewesen.
Sie hatte so kurz nach der Hausdurchsuchung nicht das Risiko eingehen wollen, ihn an der Studiotür Sturm läuten zu lassen. Von anderen Dingen, die ihm womöglich noch einfielen, ganz zu schweigen. Horstl, wie sie ihn während der Behandlung auf seinen Wunsch nannte, konnte, worauf er voller Stolz bestand, ein sehr, sehr unartiger Junge sein.
Er war blaß und schmächtig, der knochige Rücken mit Aknenarben und roten Pusteln übersät. Dünne, behaarte Beinchen. Hühnerbrust. Bräunlicher, schüchterner Penis. Ungefähr so sexy wie ein Paar abgetragene Gummistiefel.
Das Vorstandsmitglied eines großen Autoherstellers sah ihm niemand an, schon gar nicht in dieser Aufmachung. Sein mageres Gesäß verschwand beinahe in der überdimensionalen Windelhose. An den Füßen trug er hellblaue Babysocken, Marke Plüschweich.
Sie hatte ihm den Mund mit einem breiten Pflaster

zugeklebt. Sein ersticktes Grunzen erinnerte sie an das eines verängstigten Tieres.
Er kniete und schaute flehentlich zu ihr auf. Von seiner Position aus mußten ihre Brüste in den schwarzen Lederkörbchen wie Melonen aussehen. Reife Früchte. Mamas unerreichbare Milchbar.
Sie straffte sich und ging ins Hohlkreuz, um sie noch praller wirken zu lassen.
Sein Keuchen wurde lauter. Er widerte sie an.
Er widerte sie an? Was, zum Teufel, war eigentlich los mit ihr?
Keine Emotionen, das war immer ihre Devise gewesen. Null Gefühl. Dienstleistung. Das ist alles. Sie bezahlen. Du gibst ihnen, was sie sich sonst anderswo holen würden. Auf womöglich wesentlich unschönere Art und Weise.
Bei Frauen zum Beispiel, die nicht so souverän mit solchen Phantasien umgehen konnten. Die nicht wagten, fünfhundert Mark aufwärts für eine Sonderbehandlung zu verlangen. Die sich schämten, wenn ein Mann derartige Dinge von ihnen forderte. Die die Schuld, daß er pervers war, vor allem bei sich selbst suchten. Weil sie als Frau nicht toll genug waren. Für so tolle Kerle wie sie.
Madame Dolores mußte nur daran denken, um noch ein bißchen kräftiger zuzuschlagen.
»Ich bin unartig gewesen«, flüsterte er. Das Pflaster hatte sich gelockert. Sonst hätte er keinen artikulierten Ton hervor bringen können. »Sehr, sehr unartig.«
»Was hast du angestellt?« fragte sie kalt.

»Mich naß gemacht.« Er klopfte auf den Windelhintern. »Pipi. Bin Mamas kleines Ferkel.«
Sie stutzte. In ihr schlug eine Glocke an. Irgend etwas stimmte nicht. Aber sie kannte den Satz. Sie hatte ihn schon gehört. Mehr als einmal.
Viel, viel früher.
Er wedelte aufmunternd hin und her.
»Bin unartig gewesen! Hab' lauter Pipi gemacht. Bin Mamas böses, dreckiges Ferkel.«
Er quengelte. Voller Gier, es möge endlich weitergehen.
Sie hielt den Rohrstock in der Hand und rührte sich nicht. Jetzt hätte sie ihm die Windel vom Hintern zerren und ihm exakt dosierte Hiebe verabreichen müssen. In der Regel ein gutes Dutzend. Manchmal, wenn er besonders schräg drauf war, auch zwei. Ab und zu verlangte er sogar eine nasse Rute. Dies geschah jedoch nur, wenn er anschließend länger geschäftlich unterwegs war und seine Frau keine Fragen wegen der Striemen stellen konnte.
Er war nicht das, was man zimperlich nannte, sondern trotz seiner Magerkeit zäh. Er konnte einiges vertragen. Und es dauerte jedesmal noch länger, bis sein verschrumpeltes Ding in Fahrt kam.
Sie mußte sich die Schläge gut einteilen. In letzter Zeit hatte sie nach solchen Behandlungen schon mehr als einmal Schwierigkeiten mit den Sehnenscheiden gehabt.
Sie zögerte noch immer.
Er war unerlaubt auf Knien näher gerobbt, was natür-

lich streng verboten war. Sie schaute auf. Jetzt konnte er kriegen, was er verdiente!
Die Spiegel ringsherum warfen das Bild dutzendweise zurück. Ein kräftiger Arm, hocherhoben. Schwarze Lederhandschuhe. Der Rohrstock, der gut in der Hand lag.
Gleich würde er das Gesäß treffen. Und großen, süßen Schmerz bereiten.
Die Glocke in ihrem Inneren wurde lauter und veränderte sich. Auf einmal hörte sie eine Kinderstimme. Hoch. Schrill. Schließlich gellend.
»Bin unartig gewesen! Ich bin Papas böses, kleines Ferkel. Hab' Pipi gemacht, aber nur weil du mich da unten angefaßt hast. Schlag mich! Schlag mich, soviel du willst ... Aber nicht dein ... nein, ich will nicht ... bitte ...«
Würgen. Schluchzen. Es wurde still, drüben im Zimmer.
Und dann hörte sie sie wieder, diese rhythmischen, widerlich schmatzenden Geräusche, gegen die sie sich damals schon vergeblich die Bettdecke über den Kopf gezogen hatte.

Die Erkenntnis traf sie wie ein Hieb. Unwillkürlich krümmte sie sich zusammen.
Nein, das konnte, das durfte nicht sein!
Papa?
Das war unmöglich!
Und doch wußte sie, daß es wahr war. Daß die Bilder und das Wissen um diese Bilder all die Jahre in ihr nur

geschlummert hatten, sorgfältig begraben unter den Müllhalden der Erinnerung.

Sie ließ den Stock sinken. Sie fühlte sich unendlich müde.

»Steh auf und zieh dich an! Die Vorstellung ist beendet.«

Er schaute sie an, zunächst überrascht, dann voller Empörung. Er öffnete den Mund, um zu protestieren. Sie scharrte ungeduldig mit den Stiefeln. Lackleder, übers Knie. Highheels zum Treten, Bohren, Quälen. Nie wieder würde sie diese Dinger tragen.

»Zieh dich an, hab ich gesagt. Nimm dein Geld und verschwinde, aber schnell! Oder soll ich dir Beine machen? Die Show ist vorbei. Es gibt keine Madame Dolores mehr. Komm nie wieder hierher!«

15

Kein langes Hin und Her. Kein Zögern, kein Lamento. Nathalie Eschenborn war sofort bereit zu handeln. Und zu zahlen, kaum hatte sie die Lektüre des Briefes beendet.

»Zehntausend? Nicht gerade wenig! Egal, ich bin einverstanden. Ich muß endlich Klarheit haben. Deshalb sollten wir jeder möglichen Spur nachgehen.«

Sina sah sie überrascht an. Die große, blonde Frau hatte Schatten unter den Augen, als hätte sie kaum geschlafen, und wirkte mitgenommen. Trotzdem kam sie ihr verändert vor. Verjüngt, entschlossen, als wären schwere Lasten von ihr abgefallen.

Ihre Haltung war straffer. Sie trug den Kopf höher, und sie strahlte eine neue, beinahe stählerne Härte aus.

»Ich bin skeptisch. Äußerst skeptisch. Die Sache mit dem Postfach stinkt doch zum Himmel!« gab L. L. zu bedenken. »Nichts einfacher, als diesen Weg zurückzuverfolgen, oder?«

»Vorausgesetzt, das Postfach läuft nicht auf einen ganz anderen Namen«, wandte Sina ein. »Und er hat es nur für seine Aktion ›gemietet‹.«

»Geschenkt! Machen wir uns doch nichts vor: Der Verfasser ist ein ganz normaler Erpresser. Es ist fraglich, ob er wirklich so heißes Material besitzt. Lassen Sie uns mal unterstellen, daß ja. Das heißt aber auch,

Sie begeben sich in Abhängigkeit, sobald Sie sich auf diesen Handel einlassen. Er hat Sie in der Hand und kann die Schrauben nach Belieben anziehen. Denken Sie nach, Frau Eschenborn, überlegen Sie! Ist das wirklich etwas, was Sie weiterbringt?«

»Und was schlagen Sie als Alternative vor, Herr Levin?« Nathalies Stimme klang schroff. »Däumchen drehen? Abwarten und weiterhin darauf hoffen, daß Polizei und Staatsanwaltschaft endlich aus ihrem Dornröschenschlaf erwachen? Der Mord liegt Wochen zurück. Was ist bislang schon passiert? Nicht gerade viel, wenn man einmal von den Verdächtigungen absieht, die mir gegenüber erhoben wurden.«

»Sie hat recht, Louis«, pflichtete Sina bei. »Ich bin auch dafür, das Risiko einzugehen, um weiterzukommen. Wer immer den Brief geschrieben hat, muß Informationen haben, und zwar keine schlechten. Er weiß schon mal, daß ich Nathalie Eschenborns Anwältin bin. Und er weiß außerdem, daß die Tatwaffe verschwunden ist. Aus der Presse kann er es nicht haben, die hat sich darüber ausgeschwiegen. Das heißt, er muß über Wissen verfügen, das aus erster Hand stammt und damit ...«

»Glaubst du vielleicht, auf diese Weise an den Mörder zu kommen?« L. L. gestikulierte so temperamentvoll, daß die Kaffeetassen auf dem Besprechungstisch bedenklich ins Schwanken kamen. »Ganz schön naiv, Sina, das kannst du mir glauben! Na ja, du kennst die Kreise zu wenig, aus denen solche Typen stammen. Natürlich wird geredet. Und mächtig angegeben. Natürlich sickert immer mal wieder etwas durch. Einer braucht dringend Geld und hat gute Ohren, schnappt etwas auf und verbrät es flugs zu einer hübschen, kleinen Story. Zehntausend Mark sind ein bißchen viel für solche Gerüchte. Das zumindest ist meine Meinung. Die allerdings aus langjährigen Erfahrungen resultiert.« Er schnüffelte leicht gekränkt.

»Und ich bleibe bei dem, was ich vorhin gesagt habe.« Nathalie zog den Rock über ihren schlanken Knien glatt. »Ich möchte hören, was der Mann zu sagen hat. Das ist mir das Geld wert.«

»Wie Sie wollen!« L. L. griff nach seiner Aktentasche aus feinstem dunkelblauen Büffelleder und stand auf. »Ist ja schließlich Ihr Konto! Aber Sie müssen versprechen, daß Sie vorsichtig sind. Keine Alleingänge! Keine Mutproben! Nur Aktionen, die mit mir und Frau Teufel abgestimmt sind! Und rechnen Sie mal gleich damit, möglicherweise alles in den Sand zu setzen.« Sie war ebenfalls aufgestanden und überragte ihn ein ganzes Stück. Erst im Stehen sah man, wie sorgfältig Nathalie angezogen war. Sie trug ein kurzärmeliges Kostüm aus hellgrüner Seide mit einer doppelreihigen Jadekette. Jeder Zoll die junge Unternehmerin. Kühl, überlegt und unnahbar.

»Ich riskiere es trotzdem! Ich schicke das Geld heute los. Ich muß nur noch zur Bank, bevor sie zumacht.« Sie wandte sich an Sina. »Können wir uns übermorgen nachmittag zusammensetzen? Ich glaube, ich habe alles beisammen, was bislang an Unterlagen noch gefehlt hat. Dann können wir gleich beraten, wie es weitergeht. Beim Erbschein dürfte es auch keine Schwierigkeiten mehr geben, oder? Jetzt, wo ich als Mörderin aus dem Spiel bin! Das heißt aber auch, daß Nickis Ansprüche akut werden.«

»Siebzehn Uhr?« Sina blätterte in ihrem Terminkalender. »In Ordnung? Ich hab' mir übrigens zu der Sache mit Ihrem Bruder ein paar Dinge durch den Kopf gehen lassen.«

»Ich auch.« Nathalies Miene war undurchdringlich.

L. L. verabschiedete sich und ging.

Nathalie Eschenborn war stehengeblieben, halb unschlüssig, halb erwartungsvoll.

»Kann ich noch etwas für Sie tun, Frau Eschenborn?« Sina, die Hand schon wieder am Hörer, hielt inne.

»Nein«, sagte Nathalie, eine Spur zu schnell und zu heftig. »Eigentlich nicht. Es ist nur, weil ich ... weil mir auf einmal eingefallen ist, daß ...«

»Ja?«

Die rauchgrauen Augen schauten durch Sina hindurch. In weite, unbestimmte Räume.

»Finden Sie es manchmal nicht auch merkwürdig, an was wir uns erinnern und was wir vergessen? Da gibt es Kleinigkeiten, die bleiben einem jahrelang im Gedächtnis, und anderes, sehr viel Wichtigeres ist tot und begraben. Plötzlich aber, ausgelöst durch etwas scheinbar Belangloses, durch Gerüche oder Geräusche, hebt sich der Schleier, und alles ist wieder lebendig. Zum Greifen nah. Als wäre es erst gestern geschehen.«

Ihre Hände zitterten leicht.

»Wollen Sie mir etwas Bestimmtes sagen, Frau Eschenborn? Etwas, das Sie bedrückt? Sie sehen aus, als ginge es Ihnen nicht gut.«

»Nein, nein«, wehrte sie ab und machte ein paar hastige Schritte in Richtung Tür. »Alles in Ordnung, wirklich! Ich muß erst selbst klarer sehen. Und ganz sicher sein.« Sie brachte ein schiefes Lächeln zustande. »Trotzdem danke. Wir sehen uns dann übermorgen.«

Arno Rebell hatte Leipzig verlassen. Er wohnte nicht mehr in dem kleinen Hotel »Eden«, einer früheren Jugendherberge für FDJ-Kader, die man notdürftig aufgemöbelt hatte. Er war nach Rostock gefahren, um weiter nach Redford und seinem Freund zu forschen. Warum er sich heute wohl noch nicht bei ihr gemeldet hatte?

Sina unterdrückte ein Seufzen und den automatischen Griff zur Zigarette. Sie konnte nur hoffen, daß er nicht ebenfalls ein Opfer des merkwürdigen schwarzen Lochs wurde, das Redford und Winnie Maurer verschluckt zu haben schien.

Aber die Zuversicht gewann wieder in ihr die Oberhand. Geduld, sagte sie sich und wählte die andre Nummer, die sie inzwischen ebenfalls auswendig wußte. Du bekommst ihn ja wieder. Du bekommst deinen Redford bestimmt bald wieder. Heil und unversehrt. Und dann läßt du ihn nicht so schnell wieder los.

»Theo? Ich bin's, Sina. Wie geht's? Alles in Ordnung bei euch?«
»Melissa ist gerade am Packen. Unsere Maschine geht heute nachmittag, siebzehn Uhr zehn.«
Er klang nicht besonders zum Plaudern aufgelegt.
»Deshalb rufe ich an. Ich bringe euch zum Flughafen raus, wenn es euch recht ist.«
Er schwieg. Sie hörte ihn am anderen Ende der Leitung stoßweise atmen. Wie ein alter Mann, dachte sie unwillkürlich. Um sich sofort zu korrigieren.
Er war ein alter Mann. Obwohl er im Normalfall alles nur Denkbare tat, um davon abzulenken.
»Bist du noch dran?« fragte sie vorsichtig.
»Natürlich! Es ist nur, weil ...« Er hielt inne. »Ist was passiert? Es muß doch etwas passiert sein, wenn du uns dieses Angebot machst.«
So ganz daneben lag er nicht mit seiner Vermutung. Aber jetzt war weder Zeit noch Ort, um ihm von den erstaunlichen Umwälzungsprozessen zu erzählen, die sich seit jenem Abendessen in ihr vollzogen. Offenes Ende.
Jedenfalls wirbelte alles in ihr bunt durcheinander. Carlo hatte mit seinen Kommentaren ganze Arbeit geleistet.
»Nein, passiert ist nichts, kannst ganz beruhigt sein«, lachte sie. »Ich dachte nur, auf diese Weise sehen wir uns noch mal, bevor ihr abreist. Und ihr könnt euch den Umstand mit der S-Bahn sparen.«
»Aber du hast doch keine Zeit. Ich meine, du hast nie Zeit gehabt.« Er klang äußerst mißtrauisch.

»Hab' ich auch nicht.« Sie überhörte seine Spitzen. »Aber es gibt immer mal Ausnahmen. Sogar bei mir! Also, was ist? Ich könnte euch gegen zwei im Hotel abholen. Dann habt ihr alle Zeit der Welt und müßt euch nicht hetzen. Oder wollt ihr lieber ein Taxi nehmen?«

»Sei doch nicht so umständlich, Theo-Schätzchen!« soufflierte Melissa aus dem Hintergrund. Entweder besaß sie den siebten Sinn, oder sie hatte ihr Ohr mit am Hörer gehabt. »Wir fahren gern mit Ihnen, Sina! Vielen Dank für das Angebot!«

»Du hörst ja«, echote T. V. Teufel irritiert. »Wir fahren gern mit dir, Sina.«

Womöglich hatte seine Zukünftige mit einem kleinen Stups nachgeholfen. Zuzutrauen war es ihr. In diesem Punkt machte sich Sina keinerlei Illusionen. Melissa würde garantiert zu noch ganz anderen Mitteln greifen, um durchzusetzen, was sie wollte.

»Und du bist pünktlich, ja? Wir können uns auf dich verlassen?«

Sie unterdrückte eine anzügliche Bemerkung und versuchte einen freundlichen Ton. Schwierig, aber es gelang.

Ihre Antwort kam munter und gelöst. »Aber ja doch. Natürlich. Bis dann!«

Als sie gerade aufbrechen wollte, kam Hanne in ihr Büro. Genauer gesagt, taumelte sie.

Ihr Haar war zerstrubbelt, ihr Teint leichenblaß. Sogar die Katzenaugen waren grau und fahl, als sei

mit einem Schlag alle Farbe aus ihrem Gesicht verschwunden.
»Was ist denn mit dir passiert? Hast du einen Unfall gehabt?«
Hanne machte eine schwache Handbewegung und ließ sich in Sinas Schreibtischstuhl fallen.
»Sag doch! Bist du verletzt? Hast du Schmerzen?«
»Unfall? Unfall ist gut«, sagte Hanne heiser. Sie konnte nur mit Mühe sprechen. »Ja, ich glaube, das ist das beste Wort dafür.«
»Hanne, laß dir nicht alles einzeln aus der Nase ziehen! Mach den Mund auf und sag, was los ist!«
»Bill.« Sina mußte sich anstrengen, um sie zu verstehen. »Es ist wegen Bill ...«
»Hat er dir was getan? Ich tret' ihm eine vorn Latz!«
»Brauchst du nicht«, sagte Hanne. »Ist ohnehin zu spät. Er ist weg.«
»Weg?«
Sie nickte müde. »Weg. Über alle Berge. Auf und davon.«
»Wegen der Wohnung? Weil du dieses Penthouse nicht kaufen willst?«
Hanne nickte wieder.
Sina bemühte sich, ihre Erleichterung nicht zu deutlich zu zeigen. »Das kennen wir doch schon«, sagte sie und goß ungefragt der Freundin einen ordentlichen Brandy ein. Hanne trank ihn wie Limonade. Sina schenkte nach.
»Wenn ihm etwas nicht paßt, rennt er weg, um dich

weich zu kochen. Und kirre zu machen. Das ist doch weiß Gott nichts Neues.«

»Diesmal ist es anders«, beharrte Hanne. »Kein Spiel, sondern blutiger Ernst. Er hat seinen Blechkoffer mitgenommen.«

»Seinen was?«

»Seinen Blechkoffer. Mit den Überlebensutensilien. Mit dem, was da drin ist, hat Bill immer gesagt, kann er überall wieder neu anfangen. Jederzeit.«

Ihre Augen schimmerten verdächtig, aber zumindest hatte der Brandy ein bißchen Rosa auf ihre Wangen gezaubert.

»Und das, glaubst du, will er? Neu anfangen?« Sina schüttelte den Kopf. »Wie alt bist du eigentlich? Komm schon, sag es!«

»Zweiundvierzig. Weißt du doch ganz genau.«

»Und blöd wie eine Sechzehnjährige. Tut mir leid, aber das mußte einmal gesagt werden!« Sie gab dem Stuhl einen Schubs, der Hanne nach hinten in die halb liegende Position beförderte.

»Entspann dich, Julia! Dann fällt dir auch gleich wieder ein, warum dein Romeo München nicht verlassen wird. Na, was ist? Keine Idee? Dann werd' ich es dir verraten! Weil er es nirgendwo besser haben könnte! Weil er nicht für einen Fünfer Lust hat, wieder Kabel zu tragen oder in dunklen Schneideräumen rumzuhängen! Und weil er dich trotz seiner Borniertheit, Arroganz und männlichen Sturheit unheimlich gern hat! So ist das nämlich!«

»Er hat gesagt, das könnte er mir nie verzeihen«,

flüsterte Hanne. »Ich hätte unsere Beziehung verraten. Und ihm die Grundlage seiner künftigen Existenz entzogen. Aus purem Egoismus. Weil ich immer nur an mich denke.«

»Tatsächlich? Du Böse, du! Und sein ominöses Filmfest im Jahr 2000, auf das wir alle schon so gespannt sind, kann er nicht von deinem Hexenhäuschen aus organisieren, nein?«

»Da fehlt der repräsentative Touch. Wirklich wichtige Leute, meint Bill, kommen nicht in ein Reihenhaus nach Steinhausen, um Kontakte zu schließen ...«

»Und das glaubst du? Schade, ich hab' dich eigentlich immer für ziemlich helle gehalten!«

»Na ja, nicht wirklich«, räumte Hanne zögernd ein. »Ich denke, er übertreibt ein bißchen. Denn bis jetzt ist die ganze Sache ja noch nicht besonders weit gediehen. Und außerdem könnte er sich ja auch irgendwo ein kleines Büro mieten, wenn er schon meint, es sei unbedingt notwendig ... he, was machst du da?«

»Na, was wohl? Auf die Knie fallen und dem Universum dafür danken, daß es dir deinen Grips wiedergeschenkt hat! Die kleinen grauen Zellen in deinem Gehirn scheinen sich zu reaktivieren.« Sina grinste frech und erhob sich leichtfüßig. »Wetten, daß er spätestens morgen früh wieder zu Hause ist? Als wandelnde Wodka-Leiche, aber im großen und ganzen unbeschädigt?«

»Meinst du?«

»Ich meine. Ganz sicher!«

Das Telefon schellte. Hanne machte sichtlich getröstet Platz.

Sina nahm ab und sagte ein knappes »Ja. Am Apparat.«

Und dann lange gar nichts mehr. Die Nasenflügel bebten, während sie lauschte. Zwischen den dunklen Brauen erschien die steile Zornesfalte.

»Das kann doch nicht wahr sein! Untersuchungshaft? Woher haben Sie diese Information? Von der Polizei? Verstehe. Seit wann? Drei Tage! Aber natürlich muß sofort etwas geschehen! Ich setze mich gleich mit Rechtsanwalt Bauer in Verbindung. Nein, nicht Sie, Arno, das mache ich selbst. Sie bleiben erst mal im Hotel. Es gibt eine Menge anderer Dinge, die Sie erledigen können, keine Angst! Zum Beispiel rausfinden, wo Winnie Maurer steckt. Aber erst einmal rühren Sie sich nicht von der Stelle, verstanden?« Sie notierte Adresse und Telefonnummer. »Tschüs bis gleich!«

Sina legte auf. Hanne starrte sie besorgt an.

»Und? Was Schlimmes passiert?«

»Redford ist doch seit Tagen spurlos verschwunden. Und jetzt ist Rebell fündig geworden. Halt dich fest: Redford sitzt in Rostock in Untersuchungshaft. Angeblich wegen Landfriedensbruch. Und Widerstand gegen die Staatsanwaltschaft.« Sie schlug sich gegen die Stirn. »Deshalb hab' ich nichts von ihm gehört! Ich war schon halb verrückt vor Sorge!«

»Und was willst du jetzt unternehmen?«

»Ihn so schnell wie möglich rausholen. Und feststellen, was wirklich dahintersteckt! Mensch, Hanne,

Redford marschiert doch nicht los und führt sich auf, daß man ihn einbuchten muß! Schon gar nicht, wenn er heimlich Jagd auf Rechte macht. Da stimmt etwas nicht! Und dazu Winnies merkwürdige Andeutungen wegen einer angeblich brandheißen Spur ... Da muß ein Zusammenhang bestehen! Wie ich Pit kenne, ist er auf etwas gestoßen, das zum Himmel stinkt! Als erstes rufe ich jetzt den Bauer in Rostock an. Der soll sich den zuständigen Richter greifen und, falls nötig, sofort einen Haftprüfungstermin beantragen. Die müssen Redford rauslassen – und zwar auf der Stelle! Stell dir vor, drei geschlagene Tage haben sie ihn nicht einmal telefonieren lassen!«

Ihre Augen wurden schmal. »Am liebsten würde ich hier alles liegen- und stehenlassen und gleich nach Rostock fahren!«

»So von Kopf bis Fuß entbrannt kenn' ich dich ja gar nicht!« sagte Hanne beeindruckt. »Ist doch immer wieder beachtlich, was die Liebe aus den Frauen machen kann! Von der reißenden Löwin bis zur verängstigten Schneegans ist praktisch alles drin. Liegt das nun an den Hormonen? Oder ist das eher eine hoffnungslos romantische Ader?«

»Wie spät ist es eigentlich?« fragte Sina auf einmal zusammenhanglos.

»Kurz nach drei. Was ist jetzt schon wieder los? Du machst ein Gesicht, als wäre der nächste Weltuntergang innerhalb von dreißig Minuten zu erwarten.«

»Ach, du liebe Güte!« Sina griff zum Telefon. »Bitte

rufen Sie sofort im Hotel ›König Ludwig‹ an, Marina, und fragen Sie, ob mein Vater noch wartet.«
Hanne zog fragend die Brauen hoch.
»Ich hab nämlich Theo und Melissa versetzt. Ich hatte versprochen, sie zum Flughafen zu bringen. Und dann kamst du dazwischen. Und Redford. Und jetzt droht das Aus für die Generalversöhnung bei Familie Teufel & Co.«
Marina König kam ins Zimmer.
»Sind leider schon weg«, sagte sie.
»Das hab' ich mir gedacht! Und natürlich haben sie nicht angerufen und gefragt, wo ich bleibe. So viel gesunden Menschenverstand darf man einfach nicht voraussetzen – bei meinem Vater schon gar nicht! Jetzt schmollt er sicher bis in alle Ewigkeiten, und ich werde zur Hochzeit wieder ausgeladen. Tja, zur liebenden Tochter fehlt mir eben doch das Talent.«

Robert Bauer, den sie in München vor Jahren als einen ein wenig knorzigen, aber durchaus ernstzunehmenden Prozeßgegner kennengelernt hatte, war vor zwei Jahren mit seiner Kanzlei nach Rostock übersiedelt. Seitdem hatten sie bereits ein paar Korrespondenzmandate zusammen abgewickelt. Zur gegenseitigen Zufriedenheit.
Jetzt bat Sina ihn, Redford zu vertreten. Er war einverstanden.
Sie schilderte ihm den Sachverhalt in knappen Zügen; Robert Bauer hörte zu und machte sich ein paar Notizen.

»Drei Tage – und sie haben ihn nicht einmal telefonieren lassen?« unterbrach er sie polternd. »Ist ja ungeheuerlich! Die Herrn hier müssen aufpassen, daß sie nicht kräftig eins auf die Finger kriegen. Wenn sie mal beim Verfolgen rechter Straftaten nur auch so eifrig wären! Ich setze mich gleich mit dem zuständigen Richter in Verbindung. Falls nichts dazwischenkommt, wovon ich ausgehe, ist Ihr Freund spätestens morgen früh wieder frei.«

»Falls nicht, sagen Sie ihnen bitte, sie hätten mit dem garantiert größten Presseskandal zu rechnen, den ihre Stadt jemals erlebt hat. Kritische Journalisten lassen sich nicht mundtot machen, indem man sie einfach ins Gefängnis steckt. Diese Zeiten sind zum Glück auch in Rostock vorbei!«

Sie gab ihm noch Arno Rebells Adresse und Telefonnummer in Rostock. »Falls er etwas für Sie erledigen soll. Oder Herr Klein irgend etwas braucht. Ich schätze, sein Zustand ist nach diesen Tagen verordneter Zwangsruhe nicht allzugut. Wie ich ihn kenne, wird er vor Ärger und Energie beinahe platzen.«

»Soll ich ihm noch etwas ausrichten?«

»Ja, daß ich ihn liebe. Und er soll sofort anrufen, wenn er draußen ist.«

Anschließend informierte sie Arno.

»Klingt ja wie in einem Krimi«, sagte er. »Richtig spannend. Vielleicht sollte ich lieber Jura statt Physik studieren. An diese Art von Aufregung könnte ich mich glatt gewöhnen!«

»Bleiben Sie lieber bei Ihrer Chaos-Forschung! Einstweilen wäre es sehr hilfreich, wenn Sie für alle Fälle ein Zimmer für Herrn Klein im Hotel reservieren lassen. Unter Umständen kommt er ja schon heute frei. Am besten rufen Sie später noch einmal Rechtsanwalt Bauer an. Dann wissen Sie Bescheid.«
»Gebongt! Sonst noch was?«
»Im Moment nicht«, sagte Sina. »Jetzt müssen wir abwarten. Und Geduld haben. Geduld, Geduld, Geduld!«

16

Mitten in der Nacht wachte sie auf. Der Traum war lebhaft und grausam gewesen. Sie schwitzte. Sie setzte sich, knipste das Licht an, trank einen Schluck Wasser.
Wieder hatte sie die Stimme gehört, Papas sonore Stimme, die ihr einstiges Lieblingsmärchen vorgelesen hatte. Und das ihres kleinen Bruders.
Sie wußte genau, warum er es tat. Und wann.
Das war die Einstimmung auf spezielle Abende. Er füllte die Zeit damit, bis Mama weggegangen oder vor Müdigkeit auf der Wohnzimmercouch eingeschlafen war.
Vor ihr hatte er keine Angst. Sie war ja nur ein Kind. Und was konnte ein Kind schon ausrichten gegen einen mächtigen Erwachsenen?
Mittlerweile liebte sie das Märchen nicht mehr. Sie haßte es. Sie fühlte sich ebenso verloren wie das Geschwisterpaar, das darin die Hauptrolle spielte. Das Mädchen und sein Brüderchen, das Reh, das beinahe ein Wolf geworden wäre. »Brüderchen nahm sein Schwesterchen an der Hand und sprach: ›Seit die Mutter tot ist, haben wir keine gute Stunde mehr ...‹«

Die hatten sie auch zuvor schon nicht mehr. Schon lange nicht mehr. Auch nicht, als Mama noch lebte.

Als sie sich noch nicht mit dem weißen Revolver in den Mund geschossen hatte.
Sie war kein kleines Mädchen mehr gewesen. Sie war längst nicht so ahnungslos und unwissend, wie Papa es gern gehabt hätte.

»... ›Komm, wir wollen miteinander in die weite Welt gehen!‹ Sie gingen den ganzen Tag über Wiesen, Felder und Steine, und wenn es regnete, sprach das Schwesterchen: ›Gott und unsere Herzen, die weinen zusammen!‹ Abends kamen sie in einen großen Wald und waren so müde von Jammer, Hunger und dem weiten Weg, daß sie sich in einen hohlen Baum setzten und einschliefen ...«

Er hatte sie mehrmals gebeten, mit ihm wegzulaufen. Mit zittriger Stimme und feuchten, angstvollen Augen. Sein Ausschlag war schlimmer geworden. Hände in weißen Handschuhen klammerten sich an sie.
»Bitte! Bitte, Nattie, bitte!«
»Sei doch vernünftig, Nicki!« war ihre Antwort gewesen.
Sie spielte die Große, Vernünftige. Die Rolle, die alle von ihr erwarteten. Es gefiel ihr, wenn er so schwach war.
»Wo sollen wir denn hin? Wir sind doch noch Kinder! Wir müssen zu Hause bleiben. Wir gehören hierher, das weißt du doch.«
Anschauen konnte sie ihn nicht dabei.

Und irgendwann, zum Glück, hörte er auf, darum zu betteln.

»... Als sie zum zweiten Brünnlein kamen, hörte das Schwesterchen, wie auch dieses sprach: ›Wer aus mir trinkt, wird ein Wolf!‹ Da rief das Schwesterchen: ›Brüderchen, ich bitte dich, trink nicht, sonst wirst du ein Wolf und frissest mich ...‹«

Alles fiel ihr wieder ein, die Flecken auf seinem Leintuch, die Striemen auf seinem Hintern, die Geldscheine zwischen den Heften und Schulbüchern.
O ja, Papa hatte sich erkenntlich gezeigt für das, was er von ihm erhalten hatte! Überraschungen, Geschenke. Sondervergünstigungen. Nicki hatte bekommen, was er forderte.
Und Nacht für Nacht dafür bezahlt.
Und sie?
Nichts als Dreck war sie für Papa gewesen! Dreck, wie es ausnahmslos alle Frauen für ihn waren.
Sie schloß die Augen. Sie konnte es kaum ertragen. Aber es war geschehen. Diesmal hielt sie es aus. Sie hatte keine Wahl. Das Wissen ließ sich nicht ein zweites Mal verbannen.
Obwohl es schon nach zwei Uhr nachts war, stand sie auf, ging zum Telefon und wählte seine Nummer.
Sie wußte nicht, was sie sagen wollte. Irgend etwas. Wenn sie seine Stimme hörte, würde ihr das Richtige einfallen.

»Hier ist der automatische Anrufbeantworter von Wolf Eschenborn. Ich bin im Augenblick persönlich nicht erreichbar. Sie können mir aber eine Nachricht nach dem Signalton hinterlassen.«

Er klang blasiert, kalt und überheblich.
Sie legte den Hörer ganz vorsichtig auf die Gabel und dachte an den Bericht des Detektivs.
Ihr Mitleid kam zu spät.
Er war ein Wolf geworden.

17

Redfords Anruf riß sie aus dem Schlaf. Sina wußte, noch bevor sie abhob, daß nur er es sein konnte.

»Guten Morgen, meine Schöne! Tut das gut, die frische Luft der Freiheit zu atmen.«

»Bin ich froh, deine Stimme zu hören! Wie geht es dir?«

»Danke, kann nicht klagen. Ich bin heilfroh, daß ich wieder raus bin. Jetzt ist ihnen aber auch ums Verrecken kein Grund mehr eingefallen, um mich noch länger einzusperren. Dein Kollege Robert ist übrigens schwer in Ordnung. Er hat mich gleich zum Frühstück eingeladen. In das erste Haus am Platz. Schmeckt dort sicherlich ein bißchen besser als der Fraß, den sie mir in der Zelle serviert haben!«

»Und wann kommst du?«

Um ein Haar hätte sie »nach Hause« hinzugefügt.

»Tja, weißt du«, sagte er zögernd, »das läßt sich im Moment noch nicht genau sagen ...«

»Soll das etwa heißen, du bleibst dort und machst weiter, als sei nichts geschehen?«

»Nein, nein«, widersprach er. »So nun auch wieder nicht. Ich muß nur noch den Schlußpunkt setzen, ein paar lose Enden verknüpfen, bildlich gesprochen. Kommt leider nicht allein auf meinen Terminplan an.

Deshalb muß ich mich ein bißchen vage halten. Aber lange kann es nicht mehr dauern.«

Er klang locker, zuversichtlich und so, als ob Sehnsucht ein absolutes Fremdwort für ihn wäre.

»Deine Monika hat übrigens bei mir angerufen.«

Wieso fing sie ausgerechnet jetzt damit an? Und weshalb verwendete sie noch dazu das doofe Possessivpronomen? Sie hätte sich auf die Zunge beißen können. Aber nun war es schon zu spät. Es gab nur noch die Flucht nach vorn.

»Sie war sehr beunruhigt. Und sauer. Weil du Jennys Geburtstag verschwitzt hast.«

»So ein Quatsch!« sagte Redford empört. »Ich werd' mir schließlich noch merken können, wann meine Tochter geboren ist. Meine Güte, daß Frauen immer gleich so kompliziert sein müssen! Moni kennt mich wirklich lang genug, um zu wissen, daß etwas Wichtiges dazwischengekommen sein muß. Kannst du sie nicht einfach anrufen und ihr ausrichten ...«

»Nein, kann ich nicht«, sagte Sina schnell. »Das erledigst du am besten selbst. Damit keine Mißverständnisse aufkommen. Und keine falschen Zwischentöne.«

»Du klingst so merkwürdig. Sag mal, Sina, wirst du jetzt etwa auch noch zickig?«

»Zickig? Ich? Ich weiß gar nicht, was das Wort bedeutet!«

Er lachte. Ihr fiel ein Stein vom Herzen. Sie hatten eine echte Chance miteinander, das wußte sie. Sie würden sich nicht vom Alltag zerschleißen lassen!

Eine Weile redeten sie noch, dann verabschiedeten sie sich und legten auf.
Obwohl es noch früh war, schlüpfte Sina nicht mehr ins Bett zurück. Sie ging ins Bad, duschte und stellte dabei ihren alten Kassettenrecorder auf volle Lautstärke. Joe Cocker, live. Die beste Methode, um morgens gründlich wach zu werden.
Nach dem Eincremen, auf dem Weg zurück ins Schlafzimmer, um die Kleiderwahl für einen neuen, glutheißen Tag zu treffen, kam sie am Katzenbaum vorbei.
Sie stutzte.
Sicherlich, da ringelte sich wie gewohnt Taifuns buschiger, schwarzer Schwanz, und sein dicker Kopf lugte seitlich aus der Schlafmulde hervor. Aber da war auch noch ein getigertes Pfötchen mit teils schwarzen, teils rosaroten Ballen, zierlich und eindeutig feminin, das nicht hierher gehörte.
Zumindest bislang.
Sina stellte sich auf die Zehenspitzen. Eine bildhübsche Tigerkatze schlief an Taifun gekuschelt. Sie berührte sanft ihr Fell.
Beide erwachten im gleichen Augenblick. Vier grüne Katzenaugen sahen sie an.
Die Kleine reckte den Hals und schnupperte an ihrer Hand, ohne jede Spur von Ängstlichkeit. Taifun leckte einstweilen hingebungsvoll ihr rechtes Ohr.
»Hat er dich entführt?« In ihren Ohren war keine Tätowierung zu sehen. Aber für eine Straßenkatze wirkte sie zu gepflegt und gut genährt. »Einfach mit-

genommen, weil er es endgültig satt hatte, allein zu sein, während ich mich tagelang rumtreibe?«
Die Katze begann zu schnurren. Taifun fiel mit ein, eine Spur tiefer.
»Du weißt schon, daß er kastriert ist? Obwohl er sich im Augenblick wie Latin Lover persönlich aufführt! Und dich müssen wir auch sterilisieren lassen, falls noch nicht geschehen, wenn du ein dauerhaftes Familienmitglied werden möchtest.«
Die Kleine riß das Maul auf und gähnte.
»Sehe schon, Formalien und Arztgeschichten langweilen dich. Wie heißt du überhaupt?«
Die Augen fielen zu. Man schlief weiter.
»Aha, Dauer-Yoga ist die Antwort? Ganz entspannt im Hier und Jetzt? Dann werde ich dich Nirwana nennen. Als Kontrapunkt zu meinem hektischen Untier.«

Anke hatte bestanden. Nicht gerade glorios, aber immerhin. Und zur allgemeinen Überraschung in allen Fächern. Sogar in Eilschrift, einer wirklich überflüssigen Disziplin im Zeitalter perfekt funktionierender Diktiergeräte.
Das Zeugnis stand noch aus. Aber sie strahlte. Sie war vollkommen aus dem Häuschen. Seit dem Morgen wirbelte sie in der Kanzlei herum, zur Feier des Tages in ein geradezu waffenscheinpflichtiges Minikleid gehüllt.
Neonfarben. Schenkelkurzer Rock. Endlos Bein in weißen Knautschlackstiefeln.
»Original sechziger Jahre«, verkündete sie stolz und

zeigte auf die Stiefel. »Das Kleid hat Mary Quendt entworfen. Die Queen der Miniröcke, du weißt schon. Die die ersten Models busenfrei auf den Laufsteg toben ließ.«
»Quandt«, verbesserte Sina. »Mary Quandt.«
»Mußt du eigentlich alles besser wissen, nur weil du zufällig ein paar Jahre länger auf der Welt bist?«
Anke hatte die Küche mit Schüsseln, Tellern, Gläsern und zwei großen Tortenschachteln vollgestellt. Immer wieder schlich sie hinaus, angeblich, um sich zu vergewissern, ob alles in Ordnung war. In Wahrheit naschte sie. Mal vom Nudelsalat, mal von der Erdbeertorte.
Hanne ertappte sie mit dem Finger in der Buttercreme, als sie sich ein Mineralwasser aus dem Kühlschrank holte. Leere Kisten stapelten sich mannshoch auf dem kleinen Balkon. Der Getränkedienst kam kaum noch mit den Lieferungen nach. Wassernotstand drohte. Die ganze Stadt schien dem Verdursten nahe.
»Wer soll das denn bewältigen – noch dazu bei dieser Hitze? Wen hast du denn alles eingeladen?«
»Friederike ist die einzige Externe, die zugelassen ist. Nein, das hier ist alles für euch bestimmt, ehrlich! Glaubst du vielleicht, ich laß mich lumpen – an solch einem Tag? Es ist alles da! Von mir aus kann's gleich losgehen!«
»Wir hatten vier Uhr vereinbart, nicht halb zwei«, erwiderte Hanne streng. »Ein bißchen Arbeit muß schon auch noch erledigt werden.«
Aber die richtige Arbeitsmoral wollte an diesem Nach-

mittag nicht mehr aufkommen. Tilly vergaß alle Launen und zeigte sich von ihrer verspielten Seite. Halsbrecherisch balancierte sie auf ihrem Drehstuhl und dekorierte das Sekretariat mit Luftschlangen, Sonnen- und Mondlampions. Marina mühte sich ab, die Funktionsweise der eigens von zu Hause mitgebrachten Eiszerkleinerungsmaschine zu ergründen. Schließlich stieß auch noch Lola zu ihnen, die bislang als einzige brav in ihrem Zimmer über der Akte Rübeson gebrütet hatte.

»Ich glaube, wir müssen auch langsam rüber!« Hanne stand in der Zwischentür, die ihr Büro mit Sinas verband. »Sonst werden wir noch als miesepeterige Chefinnen beschimpft.«

»Ich komme!«

Sina klappte ihre Akte zu und folgte ihr.

»Vielleicht hätten wir doch bei unserer Idee mit dem Abendessen bleiben sollen«, sagte Hanne halblaut beim Rausgehen. »Hätte ja nicht gleich ein Nobelschuppen sein müssen. Eher etwas Gemütliches, ein netter Italiener oder so.« Ihr schwäbisches Element schien Oberwasser zu bekommen. »Wer weiß, was uns diese Fete noch kosten wird!«

»Du warst diejenige, die sparen wollte – nicht ich«, grinste Sina und nahm sich ein Sektglas. »Wo habt ihr übrigens Ankes Geschenk versteckt?«

»Dort drüben. Im Papierkorb«, flüsterte Tilly. »Ich hab' es noch mal neu eingepackt. Wollen Sie es ihr überreichen?«

»Mach' ich. Im Anschluß an meine kleine Ansprache.

Dann sind wir alle gerührt und genau in der richtigen Stimmung dazu.«

Während Sina zu reden begann und halb witzig, halb ernsthaft die Stationen ihrer langen Bekanntschaft mit Anke aufzählte, die vom Laufstall bis zur ReNo-Prüfung reichten, mußte sie immer wieder Friederike ansehen. Die wiederum ließ kein Auge von ihrer Tochter.

Lange schon war die Freundin nicht mehr so gelöst gewesen. Die blauen Augen funkelten, die vollen Lippen waren zum Lächeln gekräuselt. Um ihre Haut hatten sie alle schon immer beneidet. Wie sie so dastand, das lackschwarze Haar perfekt geschnitten, Hose und Bluse aufeinander abgestimmt – niemand hätte in ihr eine Trinkerin vermutet, die die letzten zehn Jahre trotz vielfacher Versuche nicht von der Flasche losgekommen war.

Jetzt aber sah es aus, als ob sie es geschafft hätte. Und als ob es Bestand haben würde. Es gab niemanden auf der Welt, dem Sina es mehr wünschte.

»... war ihr kein Einsatz zuviel. Zum Beispiel ist es Anke gelungen, uns in den vergangenen drei Jahren mit verrückten Klamotten und frechen Sprüchen erfolgreich vor einer drohenden vorzeitigen Vergreisung zu bewahren, was zugebenermaßen nicht immer einfach für sie gewesen ist ...«

In das allgemeine Gelächter schrillte das Telefon.

»Ach, wir sind ganz einfach nicht da!« Tilly, den Blick schon starr auf die kulinarischen Köstlichkeiten gerichtet, war für die einfachste Lösung.

Es klingelte weiter. Hanne griff sich entschlossen den Hörer.
»Kanzlei Teufel & Bromberger, guten Tag ...«
Lola riß einen schwachen Witz über schwäbischen Geschäftssinn, der niemals schläft, nicht einmal beim Feiern.
Hanne fuchtelte mit dem freien Arm um Ruhe. »Ja, die ist da. Augenblick bitte.«
Sie drückte die Wartetaste.
»Da ist ein ganz merkwürdiger Typ für dich dran, Sina. Klingt, als habe er eine Serviette vorm Mund oder ein Tuch über der Sprechmuschel. Er bezieht sich auf einen Brief und sagt ...«
»Stell ihn durch! Und komm bitte gleich mit! Ich brauche dich als Toningenieurin und Zeugin. Feiert inzwischen ruhig weiter. Wir sind gleich wieder da.«

»Jetzt?«
»Jetzt!« Sina schaltete den Lautsprecher am Telefon ein.
Hanne saß stocksteif auf einem Stuhl und wagte kaum zu atmen. In ihrer rechten Hand hielt sie das kleine, hochempfindliche Diktaphon, von Sina gegen ihre massiven Widerstände erst vor zwei Monaten für die Kanzlei angeschafft. Sündteuer, aber das einzige, das sicher funktionieren würde. Das rote Lämpchen leuchtete bereits. Die Aufnahme lief.
»Teufel. Mit wem spreche ich bitte?«
»Danke für die Anzahlung«, sagte der Mann. »Ging ja prompt und glatt über die Bühne. Ich darf unterstel-

len, Sie sind ernsthaft an dem angebotenen Material interessiert?«
»Sind wir. Allerdings nur, wenn es wirklich so heiß ist, wie Sie andeuten.«
Er lachte. Vermutlich hatte er ein Taschentuch über der Muschel und klang deshalb erstickt.
»Nun, was hielten Sie von der Mordwaffe, genauer gesagt, den Mordwaffen? Und einem gezielten Hinweis auf den Benutzer derselben?«
»Klingt nicht übel«, sagte Sina langsam. »Aber Sie müssen schon konkreter werden.«
»Der Konsul wurde erschlagen und anschließend in den Kopf geschossen, richtig?«
»Ja, das ist richtig.«
»Ich könnte Ihnen einen Kerzenleuchter anbieten, silbern, ein ziemlich scheußliches Ding. Keine Fingerabdrücke. Aber mit echtem Blut dran. Dem Blut des Opfers.«
»Und weiter?«
Im Brief hatte »wir« gestanden. Jetzt war nur noch von »ich« die Rede.
»Eine Pistole. Klein, weiß und handlich. Mit der an einem bestimmten Abend zwei Schüsse abgegeben wurden. Da war unser Konsul allerdings schon hinüber. Durch einen der Schüsse ging die Glotze in Flammen auf. Ein nettes Feuerchen. Na, zufrieden?«
»Was ist mit dem Täter? Oder den Tätern?«
»Sie sind ja richtig unersättlich! Sagen wir mal, es war mehr als einer. Darunter jemand, der dem Senator sehr nahestand. Der aber ein Hühnchen mit ihm zu rupfen

hatte. Jemand, dem der alte Eschenborn ganz übel mitgespielt hat. Ist schon länger her. Aber manche Wunden heilen nicht. Auch wenn viel Zeit vergeht.«

»Tut mir leid, das hört sich für mich wie Geschwafel an.«

»Vorsicht, Lady – nicht in diesem Ton! Ich bin einer, den man ernst nimmt! Und meine Forderungen erst recht. Merken Sie sich das!«

Die Stimme hatte sich verändert.

Sina zog die Brauen zusammen. Moment – die hatte sie doch schon einmal gehört! Aber wo? Bei welcher Gelegenheit?

Vor Anstrengung begannen ihre Schläfen zu pochen. Hoffentlich hängte er jetzt nicht ein, bevor sie eine Kontaktaufnahme vereinbart hatten!

»Ich nehme Sie durchaus ernst. Würde ich mich sonst mit Ihnen unterhalten?«

»Okay! Ich weiß nämlich, was ich sage. Immer! Und ich gehe nicht runter mit meinem Preis. Das haben schon ganz andere feststellen müssen.« Er räusperte sich. »Die haben lieber das Maul gehalten und gezahlt. Damit ich ebenfalls mein Maul halte. Sogar unser Herr Senator. Ja, auch der! Alles besser, als in echte Schwierigkeiten zu geraten.«

»Wollen Sie damit andeuten, Sie hätten ihn erpreßt?«

»Ich will gar nichts! Sie wollen doch etwas, und zwar von mir, oder?« Er klang gereizt. Er atmete heftig. Vermutlich war er sauer über sich selbst und seine Prahlereien.

»Das ist richtig.«
»Und das ist mein Preis, hören Sie gut zu, ich sag' ihn nämlich nur einmal: Dreihunderttausend deutsche Mark. Fünfziger, Zwanziger, Zehner, alles gebrauchte Scheine. Ohne Nummern-Schnickschnack oder dergleichen. In einem schwarzen Koffer. Binnen drei Tagen. Bei Übergabe liefere ich die Mordwaffen. Und, wenn Sie wollen, weitere Einzelheiten über die Täter.«
Plötzlich wußte Sina, wer er war. Das letzte Wort hatte ihn verraten. Jetzt mußte sie noch vorsichtiger sein. Er durfte nichts merken.
»Nicht gerade preiswert«, sagte sie. »Dreihunderttausend! Das muß ich selbstverständlich erst mit meiner Mandantin besprechen. Und drei Tage sind wenig Zeit, selbst wenn sie einverstanden wäre. Sie hat das Geld ja nicht zu Hause im Strickstrumpf herumliegen.«
»Ihr Problem! Und keine Polizei, ich warne Sie mit allem Nachdruck! Ich hab' Sie genau im Visier, und Ihre Mandantin auch, keine Sorge! Wenn ich irgendwas bemerke, was auch nur im Ansatz faul aussieht, ist die Sache gestorben!«
»Wann hören wir von Ihnen? Um eventuell einen Übergabetermin zu vereinbaren?«
»Morgen«, sagte er. »Ich rufe wieder an.«

Hanne ließ das Diktaphon zurückspulen und drückte auf »record«. Die Stimme des Anrufers klang ziemlich verzerrt.

»So ein Mist! Das ging wohl voll daneben«, sagte sie. »Trotz Super-Tonkopf.«
»Macht nichts«, erwiderte Sina. »Ich weiß, wer es ist. Ich bin mir ganz sicher.«
Die Tür flog auf.
Anke streckte ihren Kopf herein, auf dem ein pinkfarbener Motorradhelm saß. Sie hatte rote Backen und bereits leicht glasige Augen.
»Ist ja wirklich ’ne gemein schräge Tour, sich mitten in meiner Ansprache zu verdünnisieren! Was macht ihr hier eigentlich? Heimlich arbeiten etwa?«
»Wir bosseln an einem Mordfall«, antwortete Sina. »Nur noch zwei Minuten, ja? Dann sind wir wieder bei dir.«
»Allerhöchstens!« Anke schien halbwegs befriedigt. Sie tippte an den Helm; »Tausend Dank übrigens! Echt geile Farbe. Und ihr kommt gleich? Wirklich?«
»Heiliges Ehrenwort! Und dann wird gefeiert bis zum bitteren Ende!«
Der behelmte Kopf verschwand.
»Wer?« fragte Hanne. »Wieso bist du so sicher?«
»Spieker. Philipp Spieker. Dominik Eschenborns Geliebter. Ich hab’ ihn vor ein paar Tagen im ›La Mer‹ reden gehört. Er fränkelt ganz ordentlich. Sein ›Täddä‹ vorhin hat mich hellhörig gemacht. Er ist es. Zweifel ausgeschlossen.«

18

Es war still in Sinas Büro, eine ganze Weile schon. Die Besucherin stand am Fenster und starrte hinaus; Sina hatte ihren großen Lederstuhl nach hinten gekippt und wartete. Von hinten sah sie nur den Rücken der Frau, ihren schmalen Nacken, den das hochgesteckte Haar freigab.

»Und Sie sind sich ganz sicher?« fragte Nathalie.

»Es *war* Spieker«, wiederholte Sina. Ihrem Ton war leise Ungeduld anzumerken. »Ich habe seine Stimme eindeutig erkannt. Letzte Gewißheit werden wir haben, wenn die Übergabe stattgefunden hat. Und er in die Falle gegangen ist, die wir ihm stellen werden. L. L. hat alles vorbereitet. Keine Angst, es wird reibungslos über die Bühne gehen.«

»Eine mißglückte Tonbandaufnahme, Gerüchte, daß er mit Geld um sich wirft, Ihre Beobachtungen im ›La Mer‹ – viel ist es nicht, was wir gegen ihn in der Hand haben.«

»Vergessen Sie das hier nicht!«

Sina schlug mit der flachen Hand auf den Schreibtisch, wo ein dunkelblauer Schnellhefter lag. Inhalt: Kontoauszüge einer Schweizer Bank. Kontoinhaber: Ludwig Eschenborn. Regelmäßige Auszahlungen, jeweils zum 10. des Monats. Immer die gleiche Summe, fünftausend Franken. Beginn: Januar 1990. Ende: drei

Monate vor dem Mord. Später keine Kontobewegung mehr.

»Nicht gerade ein wasserfester Beweis, aber immerhin ein wichtiger Anhaltspunkt«, fuhr sie fort. »Der seine Prahlerei am Telefon wahrscheinlicher macht. Spieker – der große Erpresser, der sogar den Senator bluten ließ.« Sie sah die andere prüfend an. »Fragt sich nur, wofür.«

Nathalie berührte mit der Hand ihre Kehle. »Ich weiß es«, sagte sie. »Ich glaube, ich weiß es.«

Sie öffnete ihre Handtasche und zog einen Zeitungsausschnitt heraus.

»Hier«, sagte sie. »Stammt von Anfang April dieses Jahres. Lesen Sie!«

Sina überflog die Zeilen.

»Verjährung beginnt später«, lautete die Überschrift. *»Frist läuft künftig erst vom 18. Lebensjahr des Opfers an. Wer als Kind sexuell mißbraucht wurde, kann seinen Peiniger künftig noch im Erwachsenenalter anzeigen und strafrechtlich verfolgen lassen: Der Bundestag beschloß, die Verjährungsfrist für Sexualdelikte an Kindern und Jugendlichen erst mit dem vollendeten 18. Lebensjahr des Opfers beginnen zu lassen. Für sexuelle Nötigung beträgt die Frist fünf Jahre. Für Vergewaltigung zehn Jahre.«*

Sie hielt inne. »Und was hat das mit unserem Fall zu tun?«

»Dieser Zeitungsausschnitt lag auf dem Nachttisch meines Vaters, im Familienstammbuch. Dort hat er

immer die Dinge abgelegt, die ihn aktuell besonders beschäftigten.«
Sina runzelte die Stirn. »Ich verstehe nicht ganz«, sagte sie.
»Mein Vater hat meinen Bruder mißbraucht, Frau Dr. Teufel. Es fällt mir unheimlich schwer, diese Worte auszusprechen, aber es ist die Wahrheit. Es begann, als er ungefähr sechs war, und dauerte wohl bis in die Pubertät hinein. Irgendwann gab es einen großen Streit, der dem ein Ende setzte.«
»Und Spieker weiß das? Sie glauben, er hat dieses Wissen benützt, um Ihren Vater unter Druck zu setzen?«
Nathalie machte eine müde Geste. »Wer, wenn nicht er?«
»Weshalb nicht Ihr Bruder selbst?«
»Für lumpige fünftausend Franken im Monat?« Ihr Lachen klang rauh. »Das ist nicht sein Stil! Damit hätte Nicki sich niemals zufriedengegeben! Er hat Papa nach Strich und Faden ausgenommen. Er hatte jedes Recht dazu, denn er ließ sich für das bezahlen, was Papa ihm angetan hatte. In klingender Münze. Wieso auch nicht? Eines nicht allzu fernen Tages würde er als Papas Liebling ohnehin alles erben. Alle wußten das. Auch ich. Niemand hatte jemals den geringsten Zweifel daran.«
»Das Motiv«, sagte Sina leise. »Das könnte das Motiv sein! Sie haben es eben selbst ausgesprochen: Wieso sollte Dominik noch länger auf etwas warten, was ihm ohnehin zustand, zumindest in seinen Augen? Er

konnte ja nicht wissen, daß ein Detektiv ihn beschattete und jeden seiner Schritte in Wort und Bild festhielt. Wie sollte er ahnen, daß Ihr Vater inzwischen das Testament zu Ihren Gunsten geändert hatte?«

»Hören Sie auf!« protestierte Nathalie. »Doch nicht er. Doch nicht mein Bruder!«

»Etwa, weil er ein Alibi für die Tatzeit vorzuweisen hat? Ein Alibi, das Philipp Spieker bestätigt hat – und ein zweiter gekaufter Zeuge dazu? Kein allzu großes Problem, wie ich mal unterstelle. Vermutlich war es nicht einmal besonders teuer.«

»Sie sind ja verrückt. Komplett verrückt!«

»Schon möglich«, erwiderte Sina. »Manchmal glaube ich das selbst. Aber es geht zum Glück immer wieder vorüber.«

Sie kam näher und faßte Nathalie fest ins Auge. »Was ist, Frau Eschenborn? Das muß ich jetzt von Ihnen wissen: Steht die Sache – trotzdem?«

Eine Weile blieb sie stumm, die Lippen zusammengepreßt, die Schultern leicht hochgezogen, als sei ihr kalt.

»Ja«, sagte sie dann. »Ja. Ja!«

»Ein mißbrauchter Junge?« sagte Carlo van Rees. »Noch um vieles schwieriger!«

»Weshalb?« fragte Sina.

Sie hatte ihn heute abend gebraucht, und er war sofort gekommen. Ob er das auch noch so spontan tun würde, wenn sie mit Redford zusammenlebte? Sie verbat sich solche Gedanken. Darüber konnte sie später nachdenken. Jetzt gab es andere, wichtigere Dinge, für die sie seinen kundigen Rat einholen wollte.

»Männer dürfen keine Opfer sein«, sagte Carlo. »Nicht in unserer Gesellschaft. Und wenn Männer keine Opfer zu sein haben, sind Opfer folglich keine Männer. Verstehst du?«

»Nicht ganz.«

»Lust auf eine kleine Ring-Vorlesung?«

»Ja. Bitte.«

»Häufig hat ein Junge das Gefühl, er müßte den Mißbrauch noch besser verstecken als ein Mädchen in einer ähnlichen Situation, da er sonst verspottet oder abgelehnt wird. Das bringt ihn in eine enorm schwierige Situation, denn er weiß, es ist ihm zugestoßen. Und deshalb empfindet er sich selbst als ›unmännlich‹. ›Männliche‹ Attribute wie Kraft, Energie oder Erfolg liegen daher außerhalb seiner Reichweite. Er kann nur erhoffen, zu überleben und den Schein von ›Männlichkeit‹ zu wahren. Ständig lebt er dabei jedoch in Angst und dem sicheren Gefühl, daß die Bloßstellung nur eine Frage der Zeit ist. Die Welt kann ihn sehen, wie sie will. Er weiß die ›Wahrheit‹. Der Preis für diese Täuschung sind Erschöpfung, Traurigkeit und Isolation. Eine besonders perfide Art von kindlichem Seelensterben.« Er machte eine kleine Pause. »Oder Wut«, fuhr er dann fort. »Er wächst heran und wird selbst zum Täter.«

Sie goß ihm von dem Chianti nach, den er am liebsten trank. Das Thema regte ihn auf und berührte ihn tief. Sie erkannte es an seiner Art zu sprechen.

»So ein mißbrauchter Junge hat ein verwirrendes Ineinander von Mißbrauch und Macht erlebt. Sein Gefühl sagt ihm, daß er Macht erlangen muß, um nicht länger Opfer zu sein. Was kann er tun? Der einzige Weg, ›mannhaft‹ und damit mächtig zu werden, scheint zwangsläufig darin zu bestehen, jemand anderen in die Opferrolle zu zwingen. Dann, und nur dann, wird er selbst nie mehr Opfer sein.«

»Die Opfer von gestern sind die Täter von morgen«, sagte Sina. »Was für eine schreckliche Vorstellung!«

»In der Welt mißbrauchter Kinder gibt es nur Opfer oder Täter. Einzig der Täter, der die Macht besitzt, darf Zorn oder Wut äußern. Deshalb setzt das Kind diese Gefühle mit Macht gleich. Seine logische, aber natürlich falsche Schlußfolgerung: Es muß mächtig sein, um zornig werden zu dürfen. Dieser Trugschluß reicht meist bis weit in das Erwachsenenleben hinein. Mißbrauchte Männer sind massiven Schamgefühlen ausgesetzt. Sie haben es zugelassen, erniedrigt und entmännlicht zu werden. Und dafür rächen sich einige von ihnen an anderen, die schwächer sind. Ein fataler Kreislauf, wie du siehst.«

»Hast du viele solcher Patienten?«

»Noch sind die mißbrauchten Frauen in der Überzahl. Aber die Männer werden mehr. Ich habe den Eindruck, daß sich da Dimensionen auftun, deren Ausmaße wir heute noch nicht einmal erahnen. Und all dieses Leid, diese Seelenqualen! Manchmal ist es kaum zu ertragen.«

Er trank seinen Wein und musterte sie aufmerksam dabei. »Müde? Oder genug von dem Thema?«
»Von beidem ein bißchen«, sagte Sina. »Aber vielen Dank! Du hast die Dinge sehr klar auf den Punkt gebracht.«
Carlo streichelte Taifun, der es sich mit seiner neuen Flamme auf dem Sofa gemütlich gemacht hatte.
»Gut, wenn ich dir helfen konnte«, sagte er. »Aber eure Aktion ›Beweissicherung‹ läuft trotzdem, nicht wahr?«
Sina nickte.
»Und wann?«
»Morgen. Morgen nachmittag, halb sechs.«

19

Der Mann mit dem geölten Haar und der verspiegelten Sonnenbrille war nervös. Sein linkes Lid zuckte. Immer wieder glitt sein Blick hinauf zu der großen Uhr.
Vier Minuten vor halb sechs.
Er zündete sich ein dünnes Zigarillo an. Er machte ein paar hastige Züge.
Der Busbahnhof an der Münchner Freiheit, auf dem er trotz aller Einwände als Treffpunkt bestanden hatte, war mäßig bevölkert. Ein paar Männer, die in der Nähe der Zeitungskästen standen; andere, die einen Bus erwarteten. Eine junge Frau mit Kinderwagen und Einkaufstaschen. Trotz der Hitze trug sie eine Baumwolljacke mit langen Ärmeln.
In seiner Nähe unterhielten sich zwei Männer halblaut, ein jüngerer mit Stirnglatze, ein älterer, dessen Mund hinter einem graumelierten Schnauzer fast verschwand.
»Lust auf eine Partie Straßenschach am Forum?«
»Warum nicht? Ich muß bloß noch warten, bis meine Frau mit dem Kleinen kommt. Kann höchstens noch ein paar Minuten dauern.«
Drei vor halb sechs.
Er reckte den Hals. Von dem angekündigten Überbringer mit dem schwarzen Koffer war nirgends etwas zu sehen.

Seine Unruhe verstärkte sich. Er überprüfte den Sitz der roten Umhängetasche, die von seiner rechten Schulter baumelte. Das verabredete Zeichen, gut zu erkennen.

Dann schielte er zu dem Auto hinüber, das mit laufendem Motor am Straßenrand wartete. Ein dunkelblauer Audi, das Nummernschild unkenntlich gemacht mit grauem Staub. Der junge Typ am Steuer war der Zuverlässigste, den er auf die Schnelle hatte kriegen können. Er hatte keine Ahnung, worum es eigentlich ging.

Er wollte weg! Er hatte alles hier satt. Die Männer. Den Job. Am meisten aber Wolf, der ihn unendlich enttäuscht hatte. Von wegen Universalerbe! Er konnte froh sein, wenn er seinen lausigen Pflichtteil bekam – irgendwann einmal.

Und wofür das alles? Er schüttelte sich. Höchste Zeit, daß er endlich wieder damit angefangen hatte, auf eigene Rechnung zu arbeiten.

Zwei vor halb sechs.

Er war nahe dran, die Nerven zu verlieren und durchzudrehen. Er warf sein Zigarillo auf den Boden und zertrat es.

In diesem Augenblick fuhr ein korpulenter Mann mit schütterem Haar die Rolltreppe rauf. Heller Leinenanzug. Blaue Fliege. Er trug einen mittelgroßen schwarzen Koffer.

Das mußte er sein. Ja, mein Gott, das war er!

Hinter ihm ein ganzer Pulk von Leuten, wahrscheinlich wie er eben aus der U-Bahn gespuckt.

Der Dicke sah bleich, aber konzentriert aus. Wahrscheinlich gehörten Jobs wie dieser nicht zu seinem Tagesgeschäft. Er steuerte direkt auf ihn zu, den Blick starr auf die rote Tasche gerichtet.

Eine Minute vor halb sechs. Instinktiv hatte er die Zeit noch einmal überprüft.

»Ich glaube, wir sind verabredet«, sagte der Dicke. »Mein Name ist Levin.«

Er nickte.

Eine Kirchturmuhr ganz in der Nähe schlug zweimal. *Halb sechs,* registrierte er. Irgend etwas irritierte ihn, aber er wußte nicht, was es war. Vielleicht hätte er doch darauf bestehen sollen, daß die Anwältin kommt. Egal. Jetzt lief die Aktion bereits.

»Haben Sie die versprochenen Gegenstände bei sich?« fragte der Dicke.

Er nickte und klopfte auf die Umhängetasche.

»Gut. Dann wollen wir?«

»Nicht so hastig!« Er schaute schnell über seine Schulter. Noch immer kein Bus. Dafür deutlich mehr Leute. »Und vor allem nicht hier. Sie kommen ein Stück mit. Bis ich mich davon überzeugt habe, daß auch alles seine Richtigkeit hat.«

»Das war aber nicht so ausgemacht«, sagte L. L. fest. Er umklammerte den Koffergriff. Aber er war übergewichtig und machte nicht gerade den Eindruck eines flotten Läufers.

»Keine Widerrede, sonst läuft gar nichts!«

»Okay, okay!«

»Los, da rüber!«

Um seiner Rede Nachdruck zu verleihen, hatte er seine rechte Hand in die Tasche gesteckt. Der andere wußte schließlich, was darin steckte.
Levin machte ein paar unentschlossene Schritte. Plötzlich schien es, als ob der Koffer eine ungeheure Last für ihn sei.
»Schneller!«
Jetzt rührte sich der Dicke gar nicht mehr.
Sein Unbehagen wuchs. Er kontrollierte aus den Augenwinkeln, was um sie herum vorging. Wo kamen auf einmal die ganzen Männer her?
Plötzlich verstand er. Sie hatten ihn reingelegt.
Nein, er würde nicht wieder der Verlierer sein! Er zog die Hand aus der Tasche. Die Pistole war weiß, klein und handlich, genau, wie er es versprochen hatte.
»Noch einen Mucks und ich schieß' dir ein Loch in deinen fetten Wanst«, zischte er. »Den Koffer her, aber schnell!«
Der Anwalt stand wie festgefroren. Schweiß lief ihm bächeweise über die feisten Backen.
»Lassen Sie die Waffe fallen, Spieker!« schrie eine Stimme. Sie gehörte dem Mann mit dem Schnauzer, der vorhin so getan hatte, als sei er wild darauf, Schach zu spielen.
Vor ihm ein halbes Dutzend Pistolenläufe. Auch die Frau mit dem Kinderwagen hatte eine Waffe gezogen.
Verdammt, wo war der Typ mit der Stirnglatze abgeblieben?
»Ich leg ihn um, wenn ihr nicht sofort verschwindet. Alle!« Er verfiel ins Fränkische. »Razzebuzz!«

»Geben Sie auf, Spieker! Sie haben keine Chance!«
Das durfte ihm niemand sagen. Sein Kopf wurde leicht. Er fühlte sich beinahe schwerelos.
»Zum letzten Mal. Waffe weg!«
Er hob die Pistole, langsam, beinahe spielerisch. Bevor er richtig auf den Anwalt zielen konnte, traf ihn ein Schuß in den Rücken. Und ein zweiter.
Er röchelte, klappte zusammen, fiel zu Boden.
Ein dunkelblauer Audi fuhr quietschend an.
Der MEK-Beamte kam näher, schlug ihm die Waffe aus der Hand. Er beugte sich über ihn und überprüfte den Puls. Schließlich schüttelte er den Kopf.
»Tot«, sagte er.
»Die Waffe war nicht geladen«, ergänzte sein Kollege.
»Scheiße!«
Ein dritter aus dem Sonderkommando zog einen silbernen Leuchter aus der Umhängetasche. An der Kerzenschale waren bräunliche Flecken.
»Ich muß mich einen Augenblick setzen.« Niemand antwortete. L. L. ließ sich auf die Treppenumrandung sinken. »Ich muß sagen, mir ist sauschlecht.«

Es dauerte eine Weile, bis er wie versprochen telefonieren konnte.
Sina war sofort dran. Sie mußte neben dem Telefon gewartet haben.
»Aktion beendet«, sagte L. L. Er fühlte sich unendlich müde. Jedes Wort fiel ihm schwer.
»Und? Wie ist es gelaufen?« Ihre Stimme vibrierte vor Unruhe.

»Leider schlecht.«
»Was soll das heißen?«
»Spieker ist tot. Von einem MEK-Beamten von hinten erschossen. Bevor er auf mich schießen konnte. Das Dumme daran ist nur, daß seine Waffe gar nicht geladen war.«
Sina blieb stumm.
»Mist!« sagte sie dann gepreßt. »Mist! Du hast es also doch gemacht.«
»Er muß irgendwie nervös geworden sein.«
»Das war er schon«, sagte sie. »Ein fickriger, zappeliger Typ. Du bist ein echter Idiot, Louis! Du hättest niemals diese verdammte Polizeiaktion ankurbeln dürfen.«
»Er hatte die Pistole dabei und den Leuchter. Sie überprüfen jetzt, ob es die Tatwaffen sind. Sieht ganz so aus, als wären sie es.«
Es klang wie der Versuch einer Rechtfertigung.
»Ich bin ganz sicher, sie sind es«, sagte Sina. »Aber er ist tot. Und das hätte nicht passieren dürfen.«

20

Nachdem Mama tot war, ließ Papa jede Vorsicht außer acht. Es schien ihm egal zu sein, ob sie etwas davon mitbekam. Jedenfalls machte er kaum Anstalten, sein Vorhaben zu verbergen. Die Tür zum Beispiel war nur manchmal abgeschlossen. Selbst dann gab es noch immer die Veranda. Oder das Schlüsselloch.
Sie schloß die Augen. Gestochen scharf stand das Bild vor ihr. Sie hörte sogar das leise, gleichmäßige Surren des Vorführgerätes.

Papa auf dem braunen Lehnstuhl im Wohnzimmer. Nackt. Neben ihm auf dem Beistelltisch wie immer die Flasche und das Glas. Im Kerzenleuchter brannte eine weiße Kerze. Daneben lag Mamas kleiner, weißer Revolver.
Er stierte auf die Leinwand vor sich, auf die nackten Kinder, die in den Pool sprangen oder lachend im Garten herumtobten. Er stöhnte.
Dabei rieb und quetschte er sein Ding, bis es rot und groß war.
»Komm rein!«
Das galt nicht ihr. Das galt Nicki, der versucht hatte, davonzulaufen, als er merkte, was sich da im Wohnzimmer abspielte.
»Komm rein!«

Jetzt war die Stimme gebieterisch. Kein Entkommen mehr möglich.
Der Junge machte winzige Schritte. Aber irgendwann war er doch bei dem nackten Mann angelangt.
»Hose runter! Wird's bald!«
Widerstrebend gehorchte er.
»Bück dich!«

Nathalie riß die Augen auf. Ihr Herz schlug wie verrückt. Nicki, dachte sie. O Gott, Nicki!
Wie in Trance nahm sie ihre Tasche und verließ die Wohnung.

Sie fuhr direkt zu ihm. Es mußten Jahre sein, daß sie zum letzten Mal hier gewesen war.
Alles war unverändert. Das kleine, ordentliche Mehrparteienhaus. Die Tonnenhäuschen. Die angerostete Teppichstange. Spießig. Wohlanständig. Früher hatten sie sich gemeinsam darüber mokiert.
Eschenborn stand auf dem Klingelknopf, kein Vorname. Sie war froh darüber.
Sie läutete ungeduldig. Mehrmals hintereinander. Nichts rührte sich. Er war nicht zu Hause. Natürlich, es war ja noch nicht einmal Abend! Sie hätte es gleich im Reisebüro versuchen sollen.
Irgendwie war sie trotzdem enttäuscht. Der Impuls, ihn zu sehen und mit ihm zu sprechen, auf der Stelle, nicht irgendwann einmal, war so stark, daß er ihr Tränen in die Augen trieb. Sie konnte jetzt nicht gehen. Nicht in diesem aufgewühlten Zustand.

Sie würde auf ihn warten. Sie drückte auf eine andere Klingel. Der Summer ertönte. Die Tür ging auf.
An der Wohnung schellte sie wieder. Ohne Erfolg.
Er ist nicht da, sagte sie sich. Du mußt dich damit abfinden. Die heftige Gefühlsregung legte sich allmählich. Sie wurde ruhiger und konnte besser nachdenken.
Ob er wie früher noch immer einen Reserveschlüssel unter der Matte versteckt hatte?
Schon halb im Gehen, bückte sie sich und tastete danach. Da war ein Schlüssel!
Sie zog ihn heraus.
Er paßte. Dominik hatte wohl vergessen, abzuschließen.
»Nicki?« rief sie, als sie langsam den Gang entlangging. Mapplethorpe-Akte an den Wänden, hochfloriger Teppichboden.
Vor einer geschlossenen Tür lag eine kleine Jeans.
Sie drückte auf die Klinke. Die Tür sprang auf. Drei Köpfe fuhren zu ihr herum.
Der eine gehörte einem blondgefärbten, leicht übergewichtigen Mann. Die beiden anderen zwei dunkelhäutigen Jungen, Zigeuner vom Aussehen her. Schätzungsweise zehn und zwölf.
Alle drei waren nackt.
Der größere Junge hielt den kleineren fest. Der kniete. Der Mann, halb über ihm, unzweifelhaft aber in ihm, unterbrach sein Schaukeln und Keuchen.
»Nathalie, was zum Teufel machst du hier?«
Wolfs Erektion fiel in sich zusammen.

Irgendwie kam sie nach Hause. Später hätte sie nicht sagen können, wie. Sie trank ein großes Glas Grappa, langsam, wie bittere Medizin.
Dann rief sie Sina an.

»Es ist schiefgelaufen, Frau Eschenborn«, sagte Sina ohne Umschweife. »Es tut mir leid. Leider hat Kollege Levin gegen meinen Rat die Polizei eingeschaltet. Spieker ist tot. Er wurde von einem Beamten erschossen, als er Louis mit einer Pistole bedrohte. Das hätte alles nicht so ablaufen dürfen. Jetzt macht sich Levin die allergrößten Vorwürfe.«
»War das die Tatwaffe?«
»Sieht so aus, ja. Und der Leuchter wird im Labor auf Blutspuren hin überprüft. Sicherlich liegen die Ergebnisse bald vor. Die Polizei hält Spieker mittlerweile für den Mörder Ihres Vaters. Er war im Besitz der Mordwaffen, und er hat ihn erpreßt. Da kann man die Akte schließen: Besser ein toter Täter als keiner.«
»Und Sie?« Es klang wie ersticktes Gurgeln. »Was glauben Sie?«
»Ich bin sicher, daß er zumindest in den Mord verwickelt war. Obwohl, gewisse Ungereimtheiten bleiben weiterhin bestehen. Beispielsweise das Alibi Ihres Bruders, das nachträgliche Erschießen ...«
»Ich zeig' ihn an!« sagte Nathalie Eschenborn. Ihre Stimme war gefährlich ruhig.
»Wen? Dominik?«
»Wolf.«
»Wegen Mordverdacht?«

»Nein, wegen sexuellem Mißbrauch und Vergewaltigung Minderjähriger. Ich habe alles mit eigenen Augen gesehen und werde als Zeugin auftreten. Wenn er für mindestens zehn Jahre als Kinderschänder im Knast sitzt, wird er sich noch wünschen, er wäre als Mörder verurteilt worden. Bye, bye, Wolf!«
»Damit wäre unser Problem zwar gelöst, Frau Eschenborn. Aber Sie sollten sich die ganze Angelegenheit noch einmal gut und in aller Ruhe überlegen …«
Klick. Sie hatte aufgelegt.

21

Der Himmel über München war schwarzviolett. Zukkende Blitze und dumpfer Donner versprachen Abkühlung.
Sina und Redford lagen schweißüberströmt auf ihrem breiten Bett. Das Moskitonetz, Erinnerung an ferne Tropentage, schwankte leise.
Sie küßte das zarte Gekräusel auf seiner Brust. »Mm! Du riechst so gut und danach sogar noch besser!«
Er grunzte zufrieden. Seine Hand streichelte ihre Brüste.
Im Zimmer wurde es hell, so gleißend war der Blitz. Sehr nah hörte man das weiche Getrappel von Katzenpfoten.
Sina angelte nach dem Glas neben dem Bett und trank. »Auch einen Schluck Sekt?«
»O ja!«
Er leerte das Glas und legte sich wieder bequem zurück. Sie kuschelte sich in seine Armbeuge.
»Jetzt will ich endlich alles wissen«, sagte sie. »Und ganz ausführlich!«
»Ich hab' dir doch schon alles erzählt.«
»Hast du nicht!«
»Hab' ich doch!«
Sie küßten sich.
»Also«, beharrte sie.

»Nervensäge!« Er gab ihr einen kleinen Nasenstüber. »Am besten schaust du dir das Video an. Eigentlich ging alles ganz schnell. Die Faschotypen waren auf einmal überall, vierzig, fünfzig Kerle. Furchterregend! Und die Bullen? Tatenlos zugeschaut, glotzten, bis der eine junge Grieche plötzlich eine dicke Puste in der Hand hatte und schoß. Hätte ich an seiner Stelle vielleicht auch gemacht. Da sind die vielleicht schnell geworden, kann ich dir sagen!«

»Und du?«

»Ich hab' gefilmt, Winnie stand Schmiere. Plötzlich waren einige hinter mir her und wollten die Kamera. Im ersten Moment wußte ich gar nicht, ob Nazis oder Bullen. War auch egal. Ich bin einfach abgehauen. Über einen Zaun. Und Winnie mit dem Filmmaterial in die andere Richtung. Dann haben sie mich erwischt. Zum Glück waren es Polizisten. Dachte ich zumindest zuerst. Ich konnte ja nicht ahnen, wie tief die mit den Faschos unter einer Decke stecken. Winnie hatten sie ebenfalls erwischt. Und dann: ab ins Loch!«

»Hattest du keinen Ausweis dabei?«

Er tippte an ihre Stirn. »Bei der Aktion? Denk doch mal nach!«

»Was machst du jetzt daraus?«

»Eine Reportage, die hoffentlich viele das Gruseln lehrt«, sagte er. »In den alten wie den neuen Bundesländern. Vielleicht kommt sogar eine Geschichte fürs Fernsehen raus. Mal schauen. Ich denke aber, es hat sich gelohnt.«

»Das hoffe ich! Denn schließlich hab ich wegen der

ganzen Aufregung meinen Vater schwer vergrätzt.«
Redford kannte die Geschichte von Theo und Melissa bereits.
»Und? Schmollt er noch?«
»Halbe, halbe. Seine Einladung zur Hochzeit jedenfalls steht noch. Stell dir vor, ich darf sogar Hanne und Bill mitbringen. Gewissermaßen als Familienersatz!«
»Ich denke, der hat sich verkrümelt, weil er nicht Penthouse-Chef werden darf!«
»Ach, iwo! Schmarotzt längst wieder im Hexenhäuschen.«
Er streckte einen Fuß aus dem Bett. Sina hielt ihn fest.
»He, wo willst du hin?«
»Dir was zeigen. Was ich als Geburtstagsüberraschung für Jenny in Leipzig erstanden habe.« Er kam mit einem vergilbten Buch zurück. »Schau mal, wie hübsch illustriert! Mindestens neunzig Jahre alt!«
Sina schlug es auf. »Brüderchen und Schwesterchen«, las sie. »Ein Märchen der Gebrüder Grimm.« Sie blätterte zum Schluß. »Und wie sie zu Asche verbrannt war, verwandelte sich das Rehkälbchen und erhielt seine menschliche Gestalt wieder; Schwesterchen und Brüderchen aber lebten glücklich zusammen bis an ihr Ende.«
»Gefällt es dir etwa nicht?« fragte er enttäuscht.
»Nein«, sagte sie mit aller Entschiedenheit. »Ganz und gar nicht.« Ihre Augen waren schwarz und sehr zornig. »Papa ermordet, Brüderchen geht in den Knast, und ob selbst Schwesterchen jemals glücklich wird, ist dahingestellt.«

Plötzlich wußte er, was sie meinte.
»Dein Fall! Deshalb magst du das Ende nicht.«
»Nein«, sagte sie.
Er sah sie lange an.
»Du gibst nie auf, nicht wahr? Nicht, bis du bekommen hast, was du willst.«
»Nein«, sagte Sina. »Nie.«